Jorge Amado

Die drei Tode des Jochen Wasserbrüller

SERIE PIPER
Band 1341

Zu diesem Buch

Joaquim Soares da Cunha hat fünfundzwanzig Jahre als redlicher Finanzbeamter in Bahia gelebt, als er sich plötzlich zum größten Spieler und Trunkenbold der Stadt entwickelt. Eines Tages gibt man ihm Wasser statt Schnaps, worauf er entsetzt »Wasser!« schreit. Seitdem hat er den Spitznamen »Berro Dágua« – Wasserbrüller. Seine bürgerliche Familie ist leidlich bemüht, ihn zu verleugnen. Deshalb ist sie erleichtert, als es eines Tages heißt, Wasserbrüller liege tot in seiner elenden Behausung. Gewaschen, aufgebahrt und neu eingekleidet, haben seine Verwandten bald wieder einen ehrbaren Soares da Cunha aus ihm gemacht; wäre da nicht dieses hinterhältige Grinsen auf dem Gesicht des Verstorbenen. Zum Leidwesen der Familie tauchen jetzt auch noch seine Saufkumpane auf. Als sie zu seinen Ehren die Schnapsflasche herumgehen lassen, bewegt sich der Tote. Die Freunde sind davon überzeugt, daß er lebt, auch wenn er sich etwas merkwürdig benimmt, und nehmen ihn mit zu einer Sauftour, die mit einem Fischessen auf dem Boot Meister Manuels und einem nochmaligen Tod des Verstorbenen endet.

Jorge Amado erzählt diese makabere Geschichte so heiter und humorvoll, daß der Leser in keinem Moment Abscheu oder Entsetzen verspürt, sondern schmunzelnd den atemberaubenden Abenteuern zwischen Leben und Tod folgt.

Jorge Amado, 1912 als Sohn eines Kakaoplantagenbesitzers im brasilianischen Staat Bahia geboren. Journalistische Tätigkeit ab 1927, 1931 Studium der Rechtswissenschaften in Rio de Janeiro. War als engagierter Sozialist mehrfach inhaftiert, 1941–1945 im Exil in Argentinien. 1945 Parlamentsabgeordneter in Brasilien, 1948–1952 in Europa und in Asien im Exil. Lebt heute in Salvador, Bahia.

Amados Bücher wurden in 35 Sprachen übersetzt; in Deutschland wurde er bekannt durch die Romane »Gabriela wie Zimt und Nelken«, »Die Abenteuer des Kapitäns Vasco Moscoso«, »Tieta aus Agreste« und andere. 1990 wurde Jorge Amado mit dem Cino-del-Duca-Weltpreis der Académie Française ausgezeichnet.

Jorge Amado

Die drei Tode des Jochen Wasserbrüller

Erzählung

Aus dem brasilianischen Portugiesisch
von Curt Meyer-Clason

Piper
München Zürich

Die Originalausgabe erschien 1961 unter dem Titel
»A morte e a morte de Quincas Berro Dágua«
im Band 15 der Werke Jorge Amados bei Livraria
Martins Editora, São Paulo.

Von Jorge Amado liegen in der Serie Piper außerdem vor:
Nächte in Bahia (411)
Viva Teresa (454)
Dona Flor und ihre zwei Ehemänner (666)
Tieta aus Agreste (926)
Die Abenteuer des Kapitäns Vasco Moscoso (1187)

ISBN 3-492-11341-9
Neuausgabe 1991
2. Auflage, 9.–15. Tausend Juli 1991
(1. Auflage, 1.–7. Tausend dieser Ausgabe)

Umschlag: Federico Luci,
unter Verwendung eines Gemäldes
von Newton Resende (1912)

Satz: Graphische Werkstätten Kösel, Kempten
Druck und Bindung: Clausen & Bosse, Leck
Printed in Germany

Für Laís und Rui Antunes mit ihrem pernambucanisch-brüderlichen Haus, in dessen freundschaftlicher Wärme Quincas und sein Anhang entstanden.

»Ein jeder kümmere sich um sein eigenes Begräbnis, es gibt nichts Unmögliches.«

Quincas Berro Dáguas letzte Worte, nach Aussage Quitérias, die an seiner Seite war.

I

Bis heute herrscht Verwirrung über die Todesart des Quincas Berro Dágua, des Jochen Wasserbrüller. Zweifel gilt es aufzuklären, ungereimte Einzelheiten, widersprüchliche Zeugenaussagen, mancherlei Lücken. Es besteht Unklarheit über Stunde, Ort und die letzten Worte des Verstorbenen. Die Familie, bestärkt von Nachbarn und Bekannten, besteht hartnäckig auf der Lesart eines stillen Todes, eingetreten am Vormittag, ohne Zeugen, ohne Aufwand, ohne Worte, fast zwanzig Stunden vor jenem anderen Tode, dessen Nachricht beim Scheiden der Nacht verbreitet und besprochen wurde, als der Mond über dem Meer verblich und geheimnisvolle Dinge auf der Reede von Bahia geschahen. Aber die letzten Worte, von vertrauenswürdigen Zeugen vernommen, in Steilgassen und Schlupfwinkeln ausgiebig beklatscht und von Mund zu Mund weitergetragen, diese letzten Worte stellten in der Auffassung jener Leute weniger einen schlichten Abschiedsgruß an die Welt als ein prophetisches Zeugnis, eine Botschaft von tiefem Sinngehalt dar – wie ein junger Schriftsteller unserer Tage sagen würde.

Trotz der vielen zuverlässigen Zeugen, unter ihnen Meister Manuel und Quitéria mit dem Pillauge, einem Frauenzimmer, das meint, was es sagt, gibt es Leute, die nicht nur dem bewunderten Ausspruch, sondern auch allen Geschehnissen jener denkwürdigen Nacht jede Echtheit absprechen, als zu unbestimmter Stunde und unter umstrittenen Umständen Quincas Berro Dágua sich ins Meer von Bahia stürzte und jene Reise antrat, von der kein Lebender wiederkehrt.

Aber so ist die Welt, bevölkert von Zweiflern und Neinsagern, die, wie der Ochse sein Joch, nichts kennen als Ordnung, Gesetz und beglaubigte Gutachten. Diese Zeitgenossen schwenken nun triumphierend die vom Arzt kurz vor Mittag unterzeichnete Sterbeurkunde und suchen mit dem Wisch – nur weil er Druckerschwärze und Stempel aufweist – jene Stunden auszulöschen, die Quincas Berro Dágua in ihrer Fülle erlebt hat bis zum Augenblick seiner Abreise, die er – wie er seinen Freunden und anderen Anwesenden laut und vernehmlich erklärte – aus freien Stücken unternommen hat.

Die Familie des Toten – seine ehrbare Tochter und sein würdiger Schwiegersohn, ein Staatsbeamter mit vielversprechender Laufbahn; Tante Marocas und ihr jüngerer Bruder, ein Kaufmann mit mittlerem Bankkonto – behauptet, die ganze Geschichte sei nichts als ein grober Schwindel, die Erfindung von Gewohnheitssäufern, von Gaunern, die mit der Gesellschaft und dem Gesetz auf dem Kriegsfuß stehen, von Galgenvögeln, deren Umwelt Gefängnismauern sein müßten und nicht die Freiheit der städtischen Straßen, der Hafen von Bahia, der weiße Sand des Strandes und die uferlose Nacht. Ganz zu Unrecht schieben sie diesen Genossen des Quincas dessen vertanes Leben der letzten Jahre in die Schuhe, mitten in einer Zeit, in der er für die Familie ein Stein des Anstoßes und eine Schande geworden war. Und zwar dergestalt, daß sein Name nicht mehr ausgesprochen und sein Tun und Lassen nicht mehr erwähnt wurden in Gegenwart der unschuldigen Kinder, für die der in liebevoller Erinnerung bewahrte Großpapa Joaquim, umhegt von der Wertschätzung und Hochachtung aller, schon vor Jahren ehrenvoll das Zeitliche gesegnet hatte. Dies veranlaßt uns zu der Feststellung, daß ein erster, wenn nicht körperlicher, so doch moralischer Tod Jahre vorher stattgefunden haben muß, was seinen Tod somit verdreifacht, aus Quincas einen Rekordmann des Todes, einen Meister des Ablebens macht und die Überlegung nahelegt, ob die späteren Ereignisse – von der Feststellung seines Todes an bis zu seinem Sprung ins Meer – nicht eine von ihm in Szene gesetzte Posse gewesen ist, die darauf abzielte, seine Angehörigen nochmals zu quälen, ihnen das Leben nochmals zu verbittern und sie in Schimpf und Schande zu bringen. Denn er war ja kein Mann der Achtbarkeit und des Anstandes, trotz der Achtung, die seine Spielgenossen einem Spieler von so beneidenswertem Glück, einem Säufer von so unstillbarer Schnabulier- und Fabulierlust entgegenbrachten.

Ich weiß nicht, ob das Geheimnis dieses Todes – oder der darauffolgenden Tode – des Jochen Wasserbrüller lückenlos aufgeklärt werden kann. Ich werde es jedoch versuchen, wie er selbst geraten hat, denn wichtig ist der Versuch – selbst des Unmöglichen.

II

Das lichtscheue Gesindel, das in den Straßen und Steilgassen, vor den Markthallen oder dem Freimarkt Água dos Meninos von den letzten Augenblicken des Quincas erzählte – sogar ein Heftchen mit Schüttelreimen aus der Feder des Stegreifdichters Cuícas de Santo Amaro fand reißenden Absatz –, mißachtete nach Auffassung der Familie das Andenken des Toten. Und das Andenken eines Toten ist bekanntlich etwas Heiliges und gehört nicht in die ungewaschenen Mäuler von Schnapsbrüdern, Spielern und Rauschgiftschmugglern. Auch nicht als Stoff für Bänkelsänger am Torbogen zum Lacerda-Aufzug, durch den so viele anständige Leute gehen, darunter die Amtskollegen von Leonardo Barreto, dem gedemütigten Schwiegersohn des Quincas. Wenn ein Mensch stirbt, gewinnt er seine höchste, echteste Achtbarkeit wieder, selbst wenn er sich zu Lebzeiten die tollsten Streiche geleistet hat. Der Tod tilgt mit seiner abwesenden Hand die Makel der Vergangenheit, und das Andenken des Toten erstrahlt wie ein Diamant. So wenigstens lautet die von Nachbarn und Freunden geteilte Ansicht der Familie. Ihr zufolge wurde Quincas Berro Dágua im Tode wieder der alte achtbare Joaquim Soares da Cunha, der Sohn aus gutem Hause, der vorbildliche Finanzbeamte, ein Mensch von maßvollem Schritt und glattrasiertem Gesicht, gekleidet in eine schwarze Lüsterjacke, die Akten unter den Arm geklemmt, ein Zeitgenosse, dem die Nachbarn ehrerbietig zuhörten, wenn er sich über das Wetter und die Politik ausließ, der nie in einer Kneipe gesehen wurde und sich nur zu Hause ein bescheidenes Gläschen genehmigte. Tatsächlich war es den durchaus lobenswerten Bemühungen der Familie gelungen, dem Andenken des Quincas seit einigen Jahren dadurch wieder einen makellosen Glanz zu verleihen, daß sie ihn der Gesellschaft gegenüber für tot erklärt hatten. Daher redeten sie von ihm immer in der Vergangenheit, wenn sie, durch irgendwelche Umstände gezwungen, auf ihn zu sprechen kamen. Aber unglücklicherweise begegnete von Zeit zu Zeit ein Kollege Leonardos oder eine schwatzhafte Freundin Wandas – Quincas' tiefbeschämter Tochter – dem Quincas auf der Straße oder hörte von ihm durch Dritte. Dann war es, als entstiege ein Toter plötzlich seinem Grab, um das eigene Andenken zu beschmutzen: es hieß, man habe ihn bei hellichtem Tag in nächster Nähe der Marktrampe sternhagelbetrunken in der Sonne liegen sehen, oder im Vorhof der Pilar-Kirche, verdreckt und abgerissen, über speckige Spielkarten gebeugt, oder aber in der Steilgasse von São Miguel, heiser gröhlend und verkommene Negerinnen oder Mulattinnen umarmend – ein widerwärtiger Anblick!

Als schließlich an jenem Vormittag ein an der Steilgasse von Tabuão etablierter Verkäufer von Heiligenbildchen in das bescheidene, aber saubere Haus der Familie Barreto gelaufen kam und der Tochter Wanda, sowie dem Schwiegersohn Leonardo mitteilte, Quincas sei nun endgültig abgekratzt und in seiner ärmlichen Bretterbude gestorben, entrang sich der Brust der Gatten ein einstimmiger Seufzer der Erlösung. Fortan würde das Andenken des Finanzbeamten im Ruhestand nicht mehr getrübt und durch das verantwortungslose Treiben des Landstreichers, in den er sich gegen

Ende seines Lebens verwandelt hatte, nicht mehr in den Schmutz gezogen werden. Nun war die Stunde der verdienten Ruhe gekommen, nun konnten sie ungehindert von Joaquim Soares da Cunha sprechen, sie konnten das untadelige Leben des Beamten, des Ehemanns und Vaters, des Bürgers loben, sie konnten den Kindern seine Tugenden vorhalten und sie lehren, die Erinnerung an den Großvater ohne Furcht vor störenden Zwischenfällen zu lieben.

Der Devotionalienhändler, ein ausgemergelter Alter mit weißem Kraushaar, verbreitete sich nun in Einzelheiten: eine Negerin, Verkäuferin von Mingau, Acarajé, Abará und anderen Leckereien, hatte an jenem Morgen eine wichtige Angelegenheit mit Quincas zu verhandeln. Der hatte versprochen, ihr bestimmte schwererhältliche, für die Candomblé-Riten unerläßliche Kräuter zu besorgen. Die Negerin war wegen des Krauts gekommen, das sie dringend brauchte, weil die heiligen Xangô-Feiertage bevorstanden. Wie immer war die Tür seiner Kammer oberhalb der steilen Holztreppe nicht abgeschlossen. Längst hatte Quincas ihn an einem vom Pech verfolgten Spieltag an Vergnügungsreisende verhökert, freilich unter Zuhilfenahme einer langatmigen Geschichte, in der der Schlüssel zu einem geweihten Kirchenschlüssel erhoben wurde. Die Negerin rief seinen Namen, erhielt keine Antwort, glaubte, er schlafe noch und stieß die Türe auf. Quincas lag auf seiner Pritsche und lächelte – das Leintuch strotzte von Dreck, eine zerschlissene Decke lag auf seinen Beinen –; sein Lächeln war einladend wie sonst, der Negerin fiel nichts Besonderes auf. Sie fragte nach dem versprochenen Kraut, er lächelte nur, ohne zu antworten. Der große Zeh seines rechten Fußes lugte aus einem Loch seiner Socke hervor, seine zerrissenen Schuhe standen auf dem Fußboden. Die Negerin, die sich seit geraumer Zeit auf seine Späße verstand, setzte sich aufs Bett und sagte, sie habe es eilig. Sie wunderte sich, daß er nicht die liederliche, ans Kneifen und Knutschen gewöhnte Hand ausstreckte, nochmals blickte sie nach dem großen Zeh des rechten Fußes und fand das Ganze höchst sonderbar. Sie berührte Quincas' Körper, fuhr entsetzt auf und ergriff seine kalte Hand. Dann lief sie eilends die Treppe hinunter und erzählte es allen Leuten.

Tochter und Schwiegersohn hörten ungern jene Einzelheiten von der Negerin und den Kräutern, von der Knutscherei und dem Candomblé. Durch eifriges Nicken versuchten sie den Bericht des Verkäufers von Heiligenbildchen, eines bedächtigen Mannes, der eine Geschichte gerne geruhsam auswalzte, zu beschleunigen. Er allein wußte von Quincas' Angehörigen, deren Existenz ihm im Laufe einer nächtlichen Sauferei anvertraut worden war, und war nur deshalb gekommen. Nun setzte er eine zerknirschte Miene auf, um ihnen »sein aufrichtiges Beileid« auszusprechen.

Es war die Stunde, in der Leonardo zum Dienst gehen mußte. So sagte er zu seiner Frau:

»Geh schon voraus, ich laufe ins Amt und komme gleich nach. Ich muß mich in die Anwesenheitsliste eintragen. Ich werde mit dem Chef reden...«

Sie baten den Devotionalienverkäufer ins Wohnzimmer und boten ihm einen Stuhl an. Wanda entschuldigte sich kurz, um sich umzuziehen. Währenddessen erzählte der Händler Leonardo, es gebe niemanden auf der Steilgasse von

Tabuão, der ihn nicht hätte leiden mögen. Warum hatte er, ein Mensch aus guter Familie, ein Mann von Besitz – wie der Händler nach seiner Bekanntschaft mit Quincas' Tochter und Schwiegersohn befriedigt feststellen konnte – sich nur jenem Lotterleben verschrieben? Hatte er einen Kummer gehabt? Sicherlich, was konnte es anderes sein? Vielleicht hatte seine Frau ihm Hörner aufgesetzt, so etwas kam doch vor. Dabei hielt der Verkäufer von Heiligenbildchen seine beiden Zeigefinger wie Hörner an seine Stirn, begleitet von einer herausfordernden Miene, die zu fragen schien: ›Stimmt's?‹

»Dona Otacília, meine Schwiegermutter, war eine Heilige!«

Der Verkäufer von Heiligenstatuetten rieb sich das Kinn. Was war es dann? Aber Leonardo antwortete nicht, sondern ging zu Wanda hinein, die ihn aus dem Schlafzimmer gerufen hatte:

»Wir müssen auch an die Anzeigen denken...«

»Anzeigen? An wen? Wofür?«

»An Tante Marocas und Onkel Eduardo... Außerdem an die Nachbarn. Wir müssen sie zur Beerdigung einladen...«

»Warum sollen wir denn gleich die Nachbarn benachrichtigen? Das können wir doch hinterher. Sonst gibts nur Gerede...«

»Aber Tante Marocas...«

»Ich werde mit ihr und Onkel Eduardo sprechen... Nachdem ich im Amt gewesen bin. Mach schnell, sonst geht der, der die Nachricht gebracht hat, noch herum und erzählt sie Hinz und Kunz weiter...«

»Wer hätte das gedacht... Einfach so wegzusterben, ohne daß irgend jemand...«

»Und wessen Schuld ist es? Seine eigene, der Blöderjan..«

Im Wohnzimmer bewunderte der Devotionalienhändler ein buntes Portrait des Quincas, das, etwa fünfzehn Jahre alt, ihn als wohlbestallten Mann in hohem Kragen und schwarzem Binder, mit aufgezwirbeltem Schnurrbart, glänzendem Haar und rosiger Gesichtshaut darstellte. Daneben hing im gleichen Rahmen mit vorwurfsvollem Blick und hartem Mund Dona Otacília in einem schwarzen Spitzenkleid. Der Verkäufer von Heiligenbildchen musterte den säuerlichen Gesichtsausdruck:

»Sieht nicht aus, als ob sie ihren Mann betrügt... An der beißt sich eher einer die Zähne aus... Eine Heilige! Mach mir keiner was weis!...«

III

Einige wenige Leute, Bewohner des Steilhangs, schielten nach dem Leichnam, als Wanda eintraf. Der Devotionalienhändler raunte ihnen zu:

»Seine Tochter. Er hat eine Tochter gehabt, einen Schwiegersohn, Geschwister. Lauter feine Leute. Der Schwiegersohn ist Beamter, wohnt in Itapagipe. Ein Haus, das sich sehen lassen kann...«

Sie drückten sich zur Seite, um Wanda vorbeigehen zu lassen, neugierig darauf, ob sie sich über den Leichnam werfen, ihn umarmen, sich in Tränen auflösen, vielleicht in Schluchzen ausbrechen würde. Auf seinem Lumpenbett, in seinen uralten, geflickten Hosen, das Hemd in Fetzen, darüber eine viel zu weite speckige Weste, lächelte Quincas Berro Dágua, Jochen der Wasserbrüller, als belustigte ihn das Ganze. Wanda blieb regungslos stehen und blickte auf das unrasierte Gesicht, die schmutzigen Hände, den aus löchriger Socke hervorlugenden großen Zeh. Sie hatte weder Tränen noch Schluchzer übrig, mit denen sie die Bretterbude füllen konnte, da sie die einen wie die anderen in der ersten Zeit von Quincas' Torheiten vergossen hatte, als sie wiederholt versuchte, ihn in den Schoß der Familie zurückzulocken. Nun schaute sie ihn mit schamgerötetem Gesicht an.

Er war ein wenig vornehmer Toter, nur der Leichnam eines zufällig gestorbenen Landstreichers ohne jeglichen Anstand im Tod, ohne Ehrerbietung, einer, der spöttisch schmunzelte, der sich über sie mokierte, sicherlich auch über Leonardo und den Rest der Familie. Eine Leiche, bestimmt für das Leichenschauhaus, für die polizeiliche Auslieferung an die medizinische Fakultät zu praktischen Versuchen der Studentenschaft, und schließlich für das Verscharren in einem schmucklosen Grab ohne Kreuz und Inschrift. Es war ja der Leichnam von Quincas Berro Dágua, eines Schnapsbruders, eines verlotterten Spielers, ohne Familie, ohne Heim, ohne Blumenschmuck und Grabgebete. Es war nicht Joaquim Soares da Cunha, der korrekte, nach fünfundzwanzig Jahren gutwilliger treuer Dienstzeit in den Ruhestand versetzte Finanzbeamte, der vorbildliche Gatte, vor dem jedermann den Hut zog und dem jedermann die Hand gab. Wie konnte ein Mann in den Fünfzigern Familie und Haus, die Gewohnheiten eines ganzen Lebens und uralte Bekanntschaften aufgeben, um in den Straßen zu streunen, sich in den billigsten Kneipen zu besaufen, der Hurerei zu frönen, dreckig und unrasiert dahinzuvegetieren, in einer widerlichen Bruchbude zu hausen und auf einem verrotteten Strohsack zu nächtigen. Wanda fand keine überzeugende Erklärung dafür. Manches Mal hatte sie abends, nach dem Tode Otacílias – nicht einmal zu jenem feierlichen Anlaß hatte Quincas sich in der Gemeinschaft der Seinen eingefunden – das Thema mit ihrem Mann erörtert. Wahnsinn war es nicht, zumindest kein Wahnsinn, der ins Irrenhaus gehörte, darüber waren die Ärzte sich einig. Was war es dann?

Nun war all das zu Ende, jener Alptraum von Jahren, jener Makel auf der Familienwürde. Wanda hatte von ihrer Mutter eine Portion gesunden Menschenverstand, die Fähigkeit, Entscheidungen rasch zu treffen und auszuführen, geerbt. Während sie den Toten betrachtete, jene abstoßende Karikatur, die ihr Vater gewesen war, entschied sie, was zu tun war. Zuerst mußte der Arzt wegen der Sterbeurkunde gerufen werden. Sodann mußte die Leiche geziemend eingekleidet, nach Hause gefahren und an Otacílias Seite bestattet werden. Die Beerdigung durfte zwar nicht viel kosten, die Zeiten waren nicht rosig, sollte aber vor der Nachbarschaft, vor den Bekannten und Leonardos Kollegen auch nicht ärmlich wirken. Tante Marocas und Onkel Eduardo würden ihr dabei behilflich sein. In solche Gedanken vertieft, die Augen auf Quincas' lächelndes Gesicht geheftet, dachte Wanda an die Altersrente ihres Vaters. Würden sie diese erben oder nur die Prämie seiner Lebensversicherung erhalten? Sicherlich war Leonardo darüber im Bilde ...

Jetzt drehte sie sich nach den Neugierigen um, die sie noch immer begafften, das Völkchen von Tabuão, jener Auswurf der Menschheit, in dessen Gesellschaft Quincas sich anscheinend recht wohlgefühlt hatte. Wozu lungerten diese Gestalten da noch herum? Hatten sie nicht begriffen, daß Quincas Berro Dágua seinen letzten Atemzug ausgehaucht hatte? Daß er nur eine Erfindung des Teufels gewesen war? Ein böser Traum, eine Nachtmahr? Nun würde Joaquim Soares da Cunha zurückkehren und, wiedereingesetzt in seine frühere Achtbarkeit, ein Weilchen im warmen Kreis der Seinen weilen. Die Stunde der Heimkehr hatte geschlagen, diesmal konnte Quincas ihnen nicht ins Gesicht lachen, sie zum Teufel jagen, ein spöttisches Ade zujuchzen und pfeifend davonschwänzeln. Regungslos lag er auf seiner Pritsche. Quincas Berro Dágua war nicht mehr.

Wanda hob den Kopf, ließ einen triumphierenden Blick über die Anwesenden gleiten und befahl mit Otacílias Stimme:

»Wünschen Sie etwas? Wenn nicht, so können Sie gehen.«

Dann wandte sie sich an den Händler von Heiligenbildchen:

»Könnten Sie bitte einen Arzt holen? Es ist wegen des Totenscheins!«

Der Mann nickte bejahend, er war tief beeindruckt. Die anderen zogen langsam ab. Wanda blieb mit dem Leichnam allein. Quincas Berro Dágua lächelte, und der große Zeh seines rechten Fußes schien in dem Sockenloch zu wachsen.

IV

Sie suchte eine Sitzgelegenheit. Außer dem Strohlager war nur ein leerer Petroleumkanister zu sehen. Wanda stellte ihn auf, blies den Staub von ihm weg und setzte sich. Ob der Arzt lange ausbleiben würde? Und Leonardo? Sie stellte sich ihren Mann vor, wie er im Amt seinem Vorgesetzten mit einem Aufwand an Gebärden den unerwarteten Tod des Schwiegervaters erklären würde. Leonardos Chef hatte Joaquim in den guten Zeiten des Finanzamts gekannt. Wer, der ihn damals gekannt und geschätzt hatte, hätte sich je sein späteres Schicksal träumen lassen? Vermutlich würde es Leonardo nicht leichtfallen, mit seinem Chef über die Torheiten des Alten zu sprechen und eine Erklärung für sie zu finden. Viel schlimmer war freilich, wenn die Nachricht sich unter seinen Kollegen verbreiten, wenn von Pult zu Pult geflüstert, wenn hämisch gelacht, derb gewitzelt und geschmacklos geurteilt würde. Dieser ihr Vater war ein Kreuz für sie gewesen, er hatte ihr Leben in einen Leidensweg verwandelt; nun waren sie endlich auf dem Kalvarienberg angelangt, nun war nur noch ein Quentchen Geduld nötig. Da lag er, ausgestreckt, lächelnd, und fand die ganze Sache unendlich komisch.

Es ist Sünde, einem Toten zu zürnen, vor allem, wenn dieser Tote der eigene Vater ist. Wanda beherrschte sich, sie war ein religiöser Mensch, ging in die Bonfim-Kirche, gleichzeitig neigte sie zum Spiritismus und glaubte an die Reinkarnation. Im übrigen spielte Quincas' Lächeln keine Rolle mehr. Jetzt war sie es, die den Ton angab, und binnen kurzem würde er wieder der friedliche Joaquim Soares da Cunha, der untadelige Bürger, sein.

Schon kam der Verkäufer von Heiligenstatuetten in Begleitung des Arztes, eines noch jungen Mannes, zurück, der sicherlich erst kürzlich von der Universität abgegangen war und sich daher noch Mühe gab, den Eindruck eines tüchtigen Medikus zu erwecken. Der Händler deutete auf den Toten, der Arzt begrüßte Wanda und öffnete sein Köfferchen aus glänzendem Leder. Wanda erhob sich und schob den Petroleumkanister beiseite.

»Woran ist er gestorben?«

Der Devotionalienhändler trat vor:

»Er wurde tot aufgefunden, so wie er hier liegt.«

»Litt er an einer Krankheit?«

»Ich weiß nicht, Senhor. Ich kannte ihn seit zehn Jahren, er hatte eine Bombengesundheit. Es sei denn, daß der Herr Doktor…«

»Was?«

»…Schnaps eine Krankheit nennt. Er hob gerne einen, er hatte einen guten Zug.«

Wanda hustete vorwurfsvoll. Der Arzt wandte sich an sie:

»War er ein Hausangestellter von Ihnen, Senhora?«

Ein kurzes, lastendes Schweigen trat ein. Dann kam ihre Stimme von weitem: »Er war mein Vater.«

Eben ein junger Arzt, noch ohne Lebenserfahrungen. Er musterte Wanda, ihr Festkleid, ihr gepflegtes Aussehen, ihre hochhackigen Schuhe. Er betrachtete den Toten in seiner namenlosen Armut, die Bretterbude in ihrer namenlosen Erbärmlichkeit.

»Wohnte er hier?«

»Wir haben alles getan, um ihn zur Rückkehr nach Hause zu bewegen. Er war...«

»Verrückt?«

Wanda hob die Arme, ihr war nach Weinen zumute. Der Arzt drang nicht weiter in sie. Er setzte sich auf den Bettrand und begann mit seiner Untersuchung. Dann hob er den Kopf und sagte:

»Er lacht, wie? Das Gesicht eines Liederjans.«

Wanda schloß die Augen, preßte die Hände zusammen, ihr Gesicht war rot vor Scham.

V

Der Familienrat dauerte nicht lange. Man beriet sich am Tisch eines Restaurants der Baixa do Sapateiro, genau einem Kino gegenüber. Auf der Straße drängte sich eine fröhliche geschäftige Menge. Der Leichnam war der Obhut eines Bestattungsinstituts, das einem Freund Onkel Eduards gehörte, anvertraut worden. Das bedeutete zwanzig Prozent Abschlag!

Onkel Eduard erklärte:

»Das Teuerste ist der Sarg. Außerdem die Taxis, wenn viele Leute mitkommen. Ein Vermögen! Heute kann man nicht mal mehr sterben.«

Sie hatten in nächster Nähe einen neuen schwarzen Anzug erstanden – der Stoff war zwar nicht berühmt, um aber von den Würmern gefressen zu werden, wie Eduardo sagte, war er gut genug –, dazu ein Paar Schuhe, ebenfalls schwarz, ein weißes Hemd, eine Krawatte, ein Paar Socken. Unterhose war nicht notwendig. Eduardo trug jede Ausgabe in ein Notizbuch ein. Er war ein Meister der Sparsamkeit, daher blühte sein Ladengeschäft.

Unter den geschickten Händen von Fachleuten der Bestattungsfirma wurde Jochen Wasserbrüller allmählich wieder Joaquim Soares da Cunha, während seine Angehörigen in der Gaststätte eine Fischsuppe verzehrten und über die Beerdigung sprachen. Übrigens gab es nur einen strittigen Punkt: wo sollte der Leichenzug beginnen?

Wanda hatte erwogen, den Leichnam nach Hause schaffen zu lassen, die Leiche im Wohnzimmer aufzubahren und den Trauergästen während der Nacht Kaffee, Liköre und Gebäck anzubieten. Man hatte Pater Roque für die Einsegnung des Toten gebeten. Die Beerdigung würde am frühen Morgen stattfinden, so daß viele Leute kommen konnten, Kollegen aus dem Amt, alte Bekannte, Freunde der Familie. Aber Leonardo war dagegen. Wozu den Toten nach Hause fahren lassen? Wozu Nachbarn und Freunde einladen und einen Haufen Leute belästigen? Nur um allen die Tollheiten des Verstorbenen ins Gedächtnis zurückzurufen, sein nicht zu beschreibendes Leben der letzten Jahre, nur um die Schande der Familie an die große Glocke zu hängen? So war es nämlich morgens im Amt gewesen. Man hatte von nichts anderem gesprochen. Ein jeder hatte eine Geschichte von Quincas auf Lager und gab sie unter schallendem Gelächter zum Besten. Selbst er, Leonardo, hätte nie gedacht, daß sein Schwiegervater sich so viele Zicken geleistet hatte. Man bekam geradezu eine Gänsehaut... Ganz abgesehen davon, daß viele jener Leute glaubten, Quincas sei tot und begraben, andere hingegen, er treibe sich sprühlebendig im Inneren des Staates herum. Und die Kinder? Diese verehrten das Andenken eines vorbildlichen Großvaters, der im heiligen Frieden Gottes ruhte. Plötzlich würden die Eltern mit dem Leichnam eines Stromers unter dem Arm nach Hause kommen und ihn den Kindern unter die Nase halten. Ganz zu schweigen von der Plackerei, die er ihnen eintragen würde, von den höheren Unkosten, als wären die der Beerdigung, des neuen Anzugs, der neuen Stiefel nicht schon hoch genug. Er, Leonardo, habe dringend ein Paar Schuhe nötig und lasse aus purer Sparsamkeit seine uralten Treter neu besohlen. Aber wie konnte er angesichts dieser Ausgaben an neues Schuhwerk denken?

Die erzbeleibte Tante Marocas, der es die Fischsuppe des Restaurants angetan hatte, war derselben Meinung:

»Am besten wäre es, herumzuerzählen, er sei im Hinterland gestorben, wir hätten es telegrafisch erfahren. Dann laden wir die Leute zu einer Totenmesse ein. Wer Lust hat, kommt. Dann brauchen wir sie nicht zur Kirche fahren.«

Wanda hob ihre Gabel:

»Trotz allem ist er mein Vater. Ich will nicht, daß er wie ein Vagabund begraben wird. Wenn er dein Vater wäre, Leonardo, wäre dir das angenehm?«

Onkel Eduardo war nicht sonderlich feinfühlend:

»Was war er denn anderes als ein Vagabund? Obendrein einer der schlimmsten von ganz Bahia. Selbst als sein Bruder kann ich nicht leugnen...«

Tante Marocas rülpste, weil ihr Magen voll war und ihr Herz dazu:

»Der arme Joaquim. Er war so ein guter Kerl. Er tat keiner Fliege etwas zuleide. Er wollte eben dieses Leben, jeder hat halt sein Schicksal. Schon als Kind war er so. Einmal – du erinnerst dich doch noch daran, Eduardo? – wollte er mit einem Zirkus fliehen. Er bezog dafür eine Tracht Prügel, die sich gewaschen hatte.« Und Tante Marocas schlug Wanda, die neben ihr saß, auf den Schenkel, wie um sich zu entschuldigen. »Deine Mutter, meine Liebe, hatte nämlich die Hosen an. Eines Tages riß er aus. Er sagte zu mir, er wolle frei sein wie ein Vogel. Er war weiß Gott komisch.«

Aber niemand fand ihn komisch. Wanda machte ein mürrisches Gesicht und begann von neuem:

»Ich verteidige ihn ja nicht. Er hat uns viel Kummer gemacht, mir und meiner Mutter, die eine Seele von einer Frau war. Auch Leonardo natürlich. Aber deshalb will ich noch lange nicht, daß er wie ein herrenloser Köter verscharrt wird. Und was würden die Leute sagen, wenn es herauskäme? Bevor er durchdrehte, war er ja ein hochanständiger Mensch. Drum muß er auch anständig begraben werden.«

Leonardo sah sie flehend an. Er wußte, daß es sinnlos war, mit Wanda zu streiten, die ihre Anschauungen und Wünsche am Ende doch durchsetzte. So war es auch zur Zeit von Joaquim und Otacília gewesen, nur daß eben Joaquim eines Tages alles hingeschmissen und sich aus dem Staub gemacht hatte. Was blieb also anderes übrig als den Leichnam nach Hause zu schleppen, Freunde und Bekannte persönlich einzuladen, Leute telefonisch zusammenzutrommeln, eine lange

Nacht zu durchwachen, sich allerhand Streiche des Quincas und verstecktes Gelächter mitanhören, Augenzwinkern mitansehen zu müssen, und all das, bis es am nächsten Morgen zur Beerdigung ging? Dieser Schwiegervater hatte ihm, weiß Gott, das Leben versauert, hatte ihm die größten Scherereien eingebrockt. Leonardo lebte in ständiger Angst vor »einem neuen Streich«, jeden Morgen beim Aufschlagen der Zeitung fürchtete er ›Quincas‹ Festnahme wegen Vagabundierens erfahren zu müssen, wie es schon einmal geschehen war. Er hatte nicht die geringste Lust, sich an jenen Tag zu erinnern, als er auf Wandas Drängen zur Hauptpolizei gepilgert, von Pontius zu Pilatus geschickt worden und endlich im Untergeschoß gelandet war, wo er Quincas in Unterhosen und barfuß seelenruhig beim Kartenspiel mit Taschendieben und Beutelschneidern antraf. Und nun sollte er nach allem, was jetzt hinter ihm lag, wo er endlich aufatmen zu können glaubte, den Leichnam noch einen ganzen Tag und eine ganze Nacht unter seinem eigenen Dach ertragen...

Aber auch Eduardo war mit Wandas Plan keineswegs einverstanden, und seine Meinung besaß Gewicht, zumal er sich bereit erklärt hatte, die Hälfte der Bestattungskosten zu tragen:

»Daß er wie ein Christenmensch beerdigt werden soll, ist gut und schön, Wanda. Mit einem Priester, mit einem neuen Anzug, mit einem Blumenkranz. Er hat's zwar nicht verdient, aber schließlich ist er dein Vater und mein Bruder. Schön und gut. Aber warum muß der Tote unbedingt zu Hause...«

»Warum?« echote Leonardo.

»...die halbe Welt belästigen, warum müssen sechs oder

acht Wagen gemietet werden, um die Trauergäste hin- und herzufahren? Hast du eine Ahnung, was jeder Wagen kostet? Und der Transport des Leichnams von Tabuão bis nach Itapagipe? Ein Vermögen. Warum kann die Beerdigung nicht von hier aus losgehen? Wir können den Sarg ja begleiten. Dazu genügt ein Wagen. Nachher, wenn ihr unbedingt Wert darauf legt, können wir die Freunde zu einer Totenmesse einladen.«

»Gib doch bekannt, er sei im Innern gestorben.« Tante Marocas hielt hartnäckig an ihrem Vorschlag fest.

»Einverstanden! Warum nicht?«

»Und wer hält die Totenwache?«

»Wir. Wozu noch mehr Leute?«

Endlich gab Wanda nach. Tatsächlich, dachte sie, der Gedanke, den Leichnam nach Hause zu schaffen, ist übertrieben. Es würde nur Arbeit, Unkosten und Ärger verursachen. Das beste war, Quincas so unauffällig wie möglich zu begraben, anschließend die Freunde zu benachrichtigen und sie zur Totenmesse einzuladen. So wurde es vereinbart. Man bestellte den Nachtisch. In nächster Nähe pries ein Lautsprecher gröhlend die günstigen Verkaufsbedingungen eines Grundstücksmaklers an.

VI

Onkel Eduardo war in seinen Laden zurückgekehrt, er konnte ihn nicht allzu lange der Obhut seiner unzuverlässigen Angestellten überlassen. Tante Marocas hatte versprochen, später zur Totenwache zu kommen, jetzt mußte sie nach Hause eilen, das sie in heilloser Unordnung zurückgelassen hatte, nur um die Neuigkeit zu erfahren. Leonardo wollte auf Anraten Wandas den freien Nachmittag nutzen, um die Immobilienagentur aufzusuchen und einen geplanten Grundstückskauf auf Abzahlung abzuschließen. Eines Tages, wenn Gott half, würden sie im eigenen Heim wohnen.

Sie hatten eine Art Ablösedienst vereinbart: Wanda und Marocas sollten nachmittags und abends, Leonardo und Onkel Eduardo nachts bei dem Toten wachen. Die Steilgasse von Tabuão war kein Ort, an dem sich eine Dame bei Nacht allein sehen lassen durfte; sie hatte einen üblen Ruf und war von Gaunern und Dirnen bevölkert. Am darauffolgenden Morgen würde sich die ganze Familie dort für die Beerdigung versammeln.

So kam es, daß Wanda am Nachmittag allein bei dem Leichnam ihres Vaters saß. Der Lärm des armseligen, aber intensiven Lebens, das die Steilgasse von einem Ende zum anderen füllte, drang kaum bis in den dritten Stock des baufälligen Verschlags, in dem der Tote von der Anstrengung des Kleiderwechsels ausruhte.

Die Männer des Bestattungsinstituts, geschickte Leute vom Fach, hatten ganze Arbeit geleistet. So meinte der Devotionalienhändler, der einen Augenblick die Nase hineinsteckte, um zu sehen, ob die Sache auch voranging: »Er sieht gar nicht mehr dem alten Toten ähnlich.« Gekämmt, rasiert, schwarz eingekleidet, im schneeweißen Hemd mit schwarzer Krawatte, in gewichsten Stiefeln – das war in der Tat Joaquim Soares da Cunha, der da in seinem Sarg ruhte, übrigens einem fürstlichen Sarg – wie Wanda befriedigt feststellte –, mit vergoldeten Griffen und verzierten Rändern. Man hatte mit Brettern und Böcken eine Art Tisch gebastelt, auf dem der Sarg in nobler Strenge ruhte. Zwei riesige Kerzen – Altarkerzen, wie Wanda stolz hervorhob – verstreuten einen schwachen Schein, da Bahias Licht, das durchs Fenster drang, die Kammer mit Helligkeit durchflutete. So viel Sonnenlicht, so viel fröhliche Helle schienen Wanda eine Rücksichtslosigkeit gegen den Tod zu sein, sie machten die Kerzen überflüssig und entzogen ihnen den erhabenen Glanz. Einen Augenblick lang dachte sie daran, sie aus Sparsamkeitsgründen zu löschen. Da das Institut jedoch sicherlich denselben Betrag erheben würde, gleichgültig, ob zwei oder zehn Kerzen brannten, beschloß sie, das Fenster zu schließen, und schon hüpften die geweihten Kerzen im neuen Halbdunkel wie Feuerzungen. Wanda setzte sich auf einen Stuhl – den der Devotionalienhändler ihr geliehen hatte – und fühlte Befriedigung. Nicht etwa die schlichte Genugtuung der erfüllten Tochterpflicht, nein, etwas Tieferes.

Ein Seufzer der Erleichterung entrang sich ihrer Brust. Sie hob die Hände ordnend zu ihrem kastanienbraunen Haar, es war, als hätte sie endlich Quincas gezähmt, als hätte sie ihm von neuem die Zügel angelegt, jene Zügel, die er eines Tages den starken Händen Otacílias, ihr ins Gesicht lachend, entrissen hatte. Der Anflug eines Lächelns umspielte Wandas Lippen, die ohne eine gewisse unnachgiebige Härte schön und begehrenswert gewesen wären. Sie fühlte sich für alles Leiden gerächt, das Quincas der Familie, insbesondere ihr und Otacília, zugefügt hatte. Jene Demütigung von Jahren und Jahren. Zehn Jahre lang hatte Joaquim dieses unsinnige Leben geführt. »Der König der Landstreicher von Bahia«, war er in den Polizeiberichten der Tageszeitungen betitelt worden, ein Tagedieb von jener Sorte, die Federfuchser in ihren Feuilletonspalten gerne abmalten, ein Unhold, der seiner Familie zehn Jahre lang Schande gemacht und sie mit dem Schmutz seiner fragwürdigen Berühmtheit beworfen hatte. »Der Großsäufer von Salvador«, der »Lumpenphilosoph der Marktgasse«, der »Senator der Kneipenschwofe«, Jochen Wasserbrüller, das »Vorbild der Stromer« – so stellten die Blätter ihn, bisweilen unter Beifügung seines widerlichen Konterfeis, ihren Lesern vor. Herr des Himmels, was muß eine Tochter in dieser Welt leiden, wenn das Schicksal ihr das Kreuz eines gewissenlosen, pflichtvergessenen Vaters auferlegt!

Aber jetzt, wenn sie den Leichnam in seinem fast prunkvollen Sarg, in seinem schwarzen Anzug, die Hände fromm und reuig auf der Brust gefaltet, ansah, fühlte sie Zufriedenheit. Die Flammen der Kerzen stiegen und entlockten den neuen Schuhen einen hellen Widerschein. Alles war jetzt wieder anständig, sah man von dieser Bruchbude ab. Welch ein Trost nach so vielen Kümmernissen und Qualen. Wanda dachte, Otacília müsse in dem fernen Weltenkreis, den sie jetzt bewohne, sehr glücklich sein. Schließlich hatte sich ihr Wille erfüllt, und die ergebene Tochter hatte Joaquim Soares da Cunha, den guten, schüchternen und gehorsamen Gatten und Vater, der beim geringsten Stirnrunzeln, beim leisesten Heben der Stimme verständig und verträglich wurde, wieder in Ehren eingesetzt. Nun lag er da, die Hände auf der

Brust gefaltet. Der Landstreicher, »der König der Schenkenschwofe«, der »Patriarch der gemeinsten Zuhälterei«, war für immer verschwunden.

Nur schade, daß er schon tot war und sich nicht mehr im Spiegel betrachten, nicht mehr den Sieg der Tochter, der beleidigten, würdevollen Familie miterleben konnte.

In dieser Stunde inniger Befriedigung und reinen Siegesbewußtseins wollte Wanda hochherzig und gut sein. Sie wünschte die letzten zehn Jahre zu vergessen, als hätten die geschickten Männer des Bestattungs-Instituts sie mit dem gleichen Seifenlappen abgewaschen, mit dem sie den Schmutz von Quincas' Leiche geschrubbt hatten. Sie wollte sich nur an ihre Kindheit, ihre Jugend, nur an ihre Verlobung, ihre Heirat und an den gefügigen Joaquim Soares da Cunhas erinnern, der halb versteckt in einem Leinensessel seine Zeitungen las und zusammenzuckte, sobald Otacílias Stimme ihn vorwurfsvoll rief: »Quincas!«

So sah sie ihn gerne, so empfand sie Zärtlichkeit für ihn, nach diesem Vater hatte sie Sehnsucht; mit einer kleinen Anstrengung würde sie es fertig bringen, ergriffen zu sein und sich als unglückliche, untröstliche Waise zu fühlen.

In der Kammer nahm die Hitze zu. Bei geschlossenem Fenster konnte die Brise nicht eindringen. Aber danach verlangte Wanda nicht, denn Meer, Hafen und Brise, die den Berghang erklimmenden Steigen, der Straßenlärm, all das gehörte zu seinem nunmehr beendeten Dasein schamloser Ausschweifungen. Hier durften nur sie sein und der tote Vater, der selige Joaquim Soares da Cunha, und mit ihm die liebsten Erinnerungen, die sie ihm bewahrte.

Nun versuchte sie ihrer tiefsten Gedächtniskammer längst vergessene Bilder zu entlocken. Der Vater nimmt sie zu einem anläßlich des Bonfim-Feiertages auf der Ribeira aufgestellten Karussell mit. Vielleicht hat sie ihn nie so ausgelassen gesehen, diesen schweren Mann, rittlings auf einem Kinderpferdchen sitzend und schallend lachend, ihn, der so selten lachte. Sie erinnert sich auch an die ihm von Freunden und Kollegen anläßlich seiner Beförderung im Finanzamt zuteil gewordenen Ehrung. Ihr Elternhaus wimmelte von Gästen. Wanda war schon ein Backfisch und erlebte ihren ersten Flirt. Wer an jenem Tag aber vor Genugtuung übersprudelte, war Otacília, inmitten ihrer Gäste, und unter dem Einfluß von Ansprachen, Bier und einem Füllfederhalter, der dem aufgerückten Beamten als Geschenk überreicht wurde, schien sie die Gefeierte zu sein. Joaquim hörte die Glückwunschreden an, drückte Hände und nahm den Federhalter ohne sichtliche Begeisterung entgegen, als langweilte ihn das Ganze, ohne daß er den Mut aufgebracht hätte, solches auszusprechen.

Sie sah auch noch das Gesicht des Vaters vor sich, als sie ihm den bevorstehenden Besuch Leonardos ankündigte, der sich endlich entschlossen hatte, um ihre Hand anzuhalten. Er hatte nur mit dem Kopf genickt und gemurmelt:

»Armer Junge...«

Wanda ließ jedoch nicht zu, daß man ihren Künftigen kritisierte:

»Wieso armer Junge? Er ist aus gutem Hause, er hat eine gute Anstellung, er trinkt nicht und bummelt nicht...«

»Ich weiß... ich weiß... Ich dachte an etwas anderes.«

Merkwürdig: Sie vermochte sich nicht auf viele Einzelheiten zu besinnen, die den Vater angingen. Als hätte er nicht tätig am häuslichen Leben teilgenommen. Dagegen hätte sie Stunden und Stunden damit zubringen können, sich an Szenen, Tatsachen, Aussprüche, Ereignisse zu erinnern, bei denen ihre Mutter Otacília mitgewirkt hatte. Allerdings hatte Joaquim in ihrem Leben erst zu zählen begonnen, als er an jenem verrückten Tag, nachdem er Leonardo einen Trottel genannt, sie und Otacília von oben bis unten gemustert und beiden wie aus heiterem Himmel an den Kopf geworfen hatte:

»Giftschlangen!«

Dann hatte er mit der größten Seelenruhe, als vollbrächte er die unbedeutendste und belangloseste Handlung der Welt, das Haus verlassen und war nie wiedergekehrt.

Daran wollte Wanda jetzt aber nicht denken. Von neuem wanderte sie in ihre Kindheit zurück, wo sie Joaquims Gestalt noch deutlicher vor sich sah. Zum Beispiel, als sie fünfjährig, eine Heulliese mit Korkzieherlocken, mit einem schweren Fieberanfall zu Bett lag. Joaquim war nicht von ihrer Bettstatt gewichen, er hatte ihre Händchen gehalten und ihr Arzneien eingelöffelt. Er war ein guter Vater und ein guter Gatte gewesen. Mit dieser letzten Erinnerung fühlte sich Wanda endgültig ergriffen und – hätten mehr Leute an der Totenwache teilgenommen –, sie wäre durchaus imstande gewesen, ein wenig zu weinen, wie es einer guten Tochter geziemt.

Mit schwermütigem Gesichtsausdruck betrachtete sie den Leichnam. Die glänzenden Schuhspitzen, in denen das Licht der Kerzen schimmerte, die scharfen Bügelfalten, den gutsitzenden schwarzen Rock, die fromm auf der Brust gefalteten Hände. Sie heftete den Blick auf das glattrasierte Gesicht – und empfing einen Schock, den ersten.

Sie sah das Lächeln. Das zynische, unmoralische Lächeln eines Menschen, der sich lustig macht, das Lächeln hatte sich nicht verändert; dagegen hatten die Fachleute der Bestattungskunst nichts auszurichten vermocht. Außerdem hatte sie, Wanda, ganz vergessen, ihnen nahezulegen, dem Toten einen für die Feierlichkeit des Todes geeigneteren Gesichtsausdruck aufzudrücken. Quincas Berra Dágua lächelte unverwandt, und was nutzten angesichts dieses spöttischen, spaßigen Lächelns neue Schuhe, nagelneue, während der arme Leonardo seine alten Latschen zum zweitenmal besohlen lassen mußte – was nutzten ein schwarzer Anzug, ein schneeweißes Hemd, ein glattrasiertes Gesicht, geschniegelte Haare und zum Gebet gefaltete Hände? Denn Quincas machte sich über all das lustig, er zeigte den Anflug eines Lächelns, das wuchs, sich weitete und das binnen kurzem in der dreckigen Bretterbude vernehmlich widerhallen würde. Er lachte mit den Lippen und mit den Augen, mit Augen, die auf dem von den Bestattungsmännern in einer Ecke zurückgelassenen Haufen geflickter schmuddeliger Kleider ruhten. Das Lächeln Jochens des Wasserbrüllers!

In der tödlichen Stille hörte Wanda die einzelnen Silben mit beleidigender Deutlichkeit:

»Giftschlange!«

Wanda bekam einen Schrecken, ihre Augen blitzten zwar wie die Otacílias, aber ihr Gesicht erbleichte. Es war das Wort, das er ihnen ins Gesicht geschleudert hatte wie einen

Speichelschuß, als zu Beginn seiner Tollheit sie und Otacília versucht hatten, ihn für die Nestwärme, für die alten Gewohnheiten, für die verlorengegangene Ehrbarkeit zurückzugewinnen. Nicht einmal jetzt, tot in seinem Sarg ausgestreckt, mit Kerzen zu seinen Füßen, in eine anständige Kluft gekleidet, ergab er sich. Vielmehr lachte er mit Mund und Augen, es fehlte nur, daß er zu pfeifen begonnen hätte. Obendrein lag einer der Daumen – der der linken Hand – nicht gebührend auf dem anderen, sondern deutete aufbegehrend, ausschweifend in die Luft.

»Giftschlange!« sagte er wieder und pfiff verschmitzt.

Wanda erbebte auf ihrem Stuhl, fuhr mit der Hand über ihr Gesicht – bin ich etwa verrückt geworden? – und fühlte Atemnot, die Hitze wurde unerträglich, alles drehte sich in ihrem Kopf. Auf der Treppe wurde heftiges Schnaufen hörbar! Tante Marocas, schwabbelnd in ihrer Speckmasse, betrat die Kammer. Sie sah die Nichte aufgelöst auf ihrem Stuhl, aschfahl, die Augen starr auf den Mund des Toten geheftet.

»Du siehst erschöpft aus, mein Kind. Kein Wunder bei der Hitze in diesem Loch...«

Quincas' niederträchtiges Grinsen wurde noch breiter, als er die Riesenmasse seiner Schwester sah. Wanda wollte sich die Ohren zuhalten, sie wußte aus Erfahrung, mit welchen Worten er Marocas zu benennen liebte, aber was nützen Hände auf den Ohren, wenn man die Stimme eines Toten aussperren will? So hörte sie:

»Furzsack!«

Marocas, von ihrem Aufstieg halbwegs erholt, würdigte

den Leichnam keines Blickes und stieß statt dessen das Fenster weit auf:

»Hat man keinen Duft über ihm zerstäubt? Hier riecht es zum Übelwerden.«

Durch das geöffnete Fenster drang der Straßenlärm herein, vielfältig und fröhlich, die Brise vom Meer löschte die Kerzen und küßte das Antlitz des Quincas, Helle breitete sich über ihn, blau und festlich. Ein siegreiches Lächeln auf den Lippen, rückte sich Quincas in seinem Sarg bequemer zurecht.

VII

Schon zu jener Stunde eilte die Nachricht von dem unerwarteten Tod des Quincas Berro Dágua durch Bahias Gassen. Zwar schlossen die kleinen Händler des Marktes nicht ihre Stände zum Zeichen der Trauer, dafür setzten sie aber unverzüglich die Preise der Balangandãs, der Strohtaschen und Tonfiguren, die sie für Touristen feilhielten, hinauf und ehrten auf diese Weise den Toten. Im nächsten Umkreis des Marktes sah man hastige Zusammenkünfte, die Blitzkundgebungen glichen, wenn die Menschen von einer Ecke zur anderen rannten. Die Nachricht lief wie ein Lauffeuer im Lacerda-Aufzug in die Oberstadt hinauf, sie fuhr in den Straßenbahnen in Richtung Calçada, sie reiste im Omnibus nach Feira de Santana. Die anmutige schwarze Paula, mit ihrem Tablett voller Tapiocakuchen, brach in Tränen aus. Sie würde an jenem Nachmittag nicht mehr Berro

Dáguas gedrechselte Schmeicheleien zu hören bekommen, er würde ihr nicht mehr in den üppigen Busenausschnitt schielen, würde sie nicht mehr mit seinen Anzüglichkeiten zum Lachen bringen. Die Fischer in ihren Booten mit den eingezogenen Segeln, die Männer von Iemanjás Reich verbargen weder ihre Verwunderung noch ihre Enttäuschung: Wie war dieser Tod in einer Bruchbude am Steilhang von Tabuão nur möglich gewesen, wie hatte »der alte Seebär« nur seine fleischliche Hülle in einem Bett abstreifen können? Hatte Quincas Berro Dágua nicht mit einer Stimme, mit einem Gesichtsausdruck, die den Ungläubigsten überzeugen mußte, unwiderruflich nochmals erklärt, er werde niemals an Land sterben, es gebe nur ein seinem Lotterleben würdiges Grab: das mondübergossene Meer, die endlose See.

Wenn er als Ehrengast am Heck eines Fischerbootes vor einer aufsehenerregenden Fischsuppe saß, wenn den irdenen Kochtöpfen würziger Duft entstieg und die Schnapsflasche von Hand zu Hand ging, trat bei den ersten Zupftönen der Gitarren stets der Augenblick ein, in dem Quincas' Seetrieb erwachte. Dann stand er auf, und mit wiegendem Körper, mit jenem schwankenden Gleichgewicht, das dem Seemann der Zuckerrohrschnaps verleiht, gab er sich als »alter Seebär« zu erkennen. Als alter Seemann ohne Schiff und ohne Meer, zwar durch den Landaufenthalt verdorben, aber nicht durch eigene Schuld. Denn er war fürs Meer geboren, er war dafür berufen, Segel zu hissen, ein Fischerboot zu steuern und die Wogen der Sturmnächte zu bändigen. Aber das Leben hatte ihn aus der Bahn geworfen, ihn, der ein Schiffskapitän in blauer Uniform und mit einer Pfeife im Mund hätte werden sollen. Doch auch so war er Seemann, dafür hatte seine Mutter Madalena, Enkelin eines Seekommandeurs, ihn geboren; somit war er Seemann vom Urgroßvater her, und wenn man ihm dieses Fischerboot anvertrauen würde, er wäre imstande, es hinaus auf die hohe See zu lenken, nicht nur bis nach Maragogipe oder Cachoeira, gleich dort drüben, sondern bis an Afrikas entlegene Gestade, wenngleich er niemals zur See gefahren war. Aber das lag ihm im Blut, von der Seefahrt brauchte er nichts mehr zu lernen, mit dieser Kunst war er zur Welt gekommen. Wenn aber einer der erlauchten Anwesenden seine Behauptungen anzweifelte, so möge er aufstehen und es sagen... Damit hob er die Flasche und tat ein paar ausgiebige Züge. Die Fischer zweifelten nicht, warum sollte das Vorgebrachte nicht wahr sein? Auf den Kais und am Strand wuchsen die Jungens mit dem Wissen vom Meer heran, für solche Geheimnisse brauchte man keine Erklärungen zu suchen. Und nun verkündete Quincas Berro Dágua sein feierliches Gelübde: er räumte dem Meer die Ehre seiner letzten Stunde, seines letzten Lebensfunkens ein. Er würde sich nicht in sieben Handbreit Erde, in ein Erdloch sperren lassen, er nicht! Wenn seine Stunde geschlagen hatte, würde er die Freiheit des Meeres für sich beanspruchen, die Seereisen, die er zu Leibzeiten nicht unternommen hatte, die gewagtesten Kreuzfahrten, die ungeahntesten Großtaten. Meister Manuel, der tüchtigste unter allen Fischermeistern, ein Mann ohne Nerven und ohne Alter, nickte zustimmend. Die übrigen, die das Leben gelehrt hatte, an nichts zu zweifeln, stimmten, einen raschen Schluck aus der Flasche nehmend, gleichfalls zu. Man zupfte die Gitarren, man besang den Zauber der Meernächte und die verhängnisvolle Verführungskraft Janaínas. Der »alte Seebär« sang lauter als alle anderen mit.

Wie hatte er dann so plötzlich in einer Bretterbude an der Steige von Tabuão sterben können? Das war ganz und gar unglaublich, die Fischermeister nahmen die Nachricht sehr zurückhaltend auf. Quincas Berro Dágua, der abgefeimte Geheimniskrämer, hatte wieder einmal die halbe Welt an der Nase herumgeführt.

Die Spielratten in den Kneipen ließen ihre Würfelbecher ruhen, ihre Kartenspiele sinken, mit einemmal reizte die völlig Verstörten der Gewinn nicht mehr. War Quincas Berro Dágua nicht ihr unbestrittener Anführer gewesen? Wie tiefe Trauer sank die Abenddämmerung auf sie herab. In den Bars, in den Ausschänken, an den Theken der Verkaufsstände und Läden, wo immer Zuckerrohrschnaps getrunken wurde, herrschte Traurigkeit, und die Zeche ging auf das Konto des unersetzlichen Verlustes. Wer verstand besser zu trinken als er, der nie ganz den Verstand verlor und desto hellsichtiger und glänzender wurde, je mehr Schnaps er hinter die Binde goß? Dabei war er fähig wie kein anderer, Marke und Herkunft der verschiedenartigen Schnapssorten zu erraten und alle Farb-, Geschmacks- und Geruchsschattierungen zu erkennen. Wieviel Jahre hatte er keinen Tropfen Wasser mehr angerührt? Seit jenem Tage, an dem er Berro Dágua, Wasserbrüller, getauft worden war.

Nicht, daß es ein denkwürdiges Ereignis oder eine aufregende Geschichte wäre. Trotzdem lohnt es sich, den Vorfall wiederzugeben, weil seit jenem fernen Tag der Spitzname

»Berro Dágua« an seinen Namen Quincas gehängt wurde. Er hatte den an der Außenseite des Marktes gelegenen Laden des sympathischen Spaniers Lopez betreten. Als Stammgast stand ihm das Recht zu, sich selbst zu bedienen. So sah er auf der Theke eine Flasche, bis an den Rand gefüllt mit einem kristallklaren, durchsichtigen, edlen Branntwein. Er spuckte kurz aus, um den Mund zu reinigen, füllte ein Glas und leerte es in einem Zug. Ein unmenschlicher Schrei zerriß die Stille des Marktmorgens und erschütterte sogar den Lacerda-Aufzug in seinen Grundfesten. Es war das Brüllen eines tödlich getroffenen Tiers, eines verratenen, todgeweihten Menschen:

»Waaassserrr!«

Der hundsgemeine, widerwärtige, lausige Spanier! Von allen Seiten kamen Leute gelaufen, sicherlich war jemand ermordet worden, nur die Kunden des Ausschanks schüttelten sich vor Lachen. Quincas Gebrüll »Wasser« machte alsbald als Anekdote die Runde vom Markt zum Pelourinhoa, vom Largo de Sete Portas zur Dique, von der Calçada nach Itapoã. Seit jenem Ereignis hieß er Quincas Berro Dágua – Jochen Wasserbrüller – und Quitéria mit dem Pillauge raunte ihm in zärtlichen Augenblicken zwischen ihren verliebt zubeißenden Zähnen »Berrito« – Brüllerchen – zu.

Auch in den armseligsten, billigsten Freudenhäusern, in denen Landstreicher und Lumpengesindel, kleine Schmuggler und Seeleute auf Landurlaub in den verlorenen Stunden der Nacht nach dem trüben Geschlechtshandel, wenn die erschöpften Dirnen nach ein bißchen Zärtlichkeit verlangten, ein Heim, eine Familie und die Liebe fanden, löste die Nachricht vom Tode des Quincas Berro Dágua Verzweiflung aus und brachte die traurigsten Tränen zum Fließen. Die Freudenmädchen heulten los, als hätten sie den nächsten Angehörigen verloren und kamen sich in ihrem Elend mit einemmal einsam und verlassen vor. Einige zählten ihre Ersparnisse zusammen und beschlossen, die schönsten Blumen Bahias für den Toten zu kaufen. Was aber die von der weinseligen Zuneigung ihrer Hausgenossinnen umhegte Quitéria mit dem Pillauge betrifft, so durchdrangen ihre Schmerzensschreie die Steilgasse von São Miguel, sie gingen jedem durch Mark und Bein und erstarben erst auf dem Largo do Pelourinho. Sie fand nur noch im Trunk Trost und hob zwischen Schlucken und Schluchzen das Andenken ihres unvergeßlichen Geliebten, des zärtlichsten und tollsten, des fröhlichsten und weisesten aller Männer, in den Himmel.

Die Dirnen riefen sich Tatsachen, Einzelheiten und Aussprüche wach, die Quincas' wahrer Natur gerecht werden sollten. Er war es gewesen, der über drei Wochen lang Beneditas drei Monate alten Sohn versorgt hatte, während sie im Krankenhaus lag. Es hätte nur noch gefehlt, daß er dem Säugling die Brust gereicht hätte. Aber er tat alles übrige: er wechselte die Windeln, wischte dem Kind den verschmierten Hintern ab, badete es und gab ihm sein Fläschchen.

Hatte er sich nicht noch vor wenigen Tagen, alt und betrunken wie er war, wie ein Ritter ohne Furcht und Tadel in Verteidigung der guten Clara auf zwei jugendliche Bummelanten, Hundesöhne aus den besten Familien, gestürzt, die dieser im Bordell Vivianas eine Tracht Prügel verabreichen wollten? Wer war ein angenehmerer Gast am großen Tisch des

Speisezimmers zur Mittagszeit? Wer hatte lustigere Geschichten auf Lager, wer war ein traulicherer Tröster bei Liebeskummer, wer war wie ein Vater oder ein älterer Bruder? Am Spätnachmittag rutschte Quitéria mit dem Pillauge vom Stuhl, wurde ins Bett gebracht und schlief mitsamt ihren Erinnerungen ein. Mehrere Frauen beschlossen an jenem Abend, weder auf Männerjagd zu gehen noch einen Mann zu empfangen, sie waren in Trauer. Als wäre Gründonnerstag oder Karfreitag.

VIII

Gegen Abend, als in der Stadt die Lichter angingen und die Männer nach der Arbeit heimwärts strebten, stiegen die vier engsten Freunde des Quincas Berro Dágua, Curió, Negro Pastinha, Cabo Martim und Pé-de-Vento – Schönvogel, Pomadenneger, Korporal Martim und Windsbraut – die Steilgasse von Tabuão zur Behausung des Toten hinab. Der Wahrheit zuliebe muß betont werden, daß sie noch nicht betrunken waren. Natürlich hatten sie in der Aufregung über die Hiobsbotschaft ein Gläschen gekippt, aber ihre geröteten Augen waren auf die vergossenen Tränen, auf den maßlosen Schmerz zurückzuführen; das gleiche galt auch für ihre stokkenden Stimmen und ihren schwankenden Schritt. Wie soll ein Mensch bei klaren Sinnen bleiben, wenn ein langjähriger Freund, der beste der Kameraden, der vollkommenste Landstreicher Bahias, plötzlich das Zeitliche segnet? Und was die Flasche anbelangt, die Korporal Martim angeblich unter seinem Hemd verbarg, so konnte diese Behauptung nie nachgewiesen werden.

In jener Dämmerstunde, in der die Nacht geheimnisvoll beginnt, schien der Tote ein wenig zu ermüden. Selbst Wanda fiel es auf. Das war auch nicht zu verwundern; den ganzen Nachmittag hatte er gelacht, Schimpfnamen gebrummt und ihr Fratzen geschnitten. Nicht einmal als Leonardo und Onkel Eduardo gegen fünf Uhr eintrafen, nicht einmal dann gönnte Quincas sich ein wenig Ruhe. Er warf Leonardo »Trottel« an den Kopf und lachte über Eduardo. Als sich aber die Schatten der Abenddämmerung über die Stadt senkten, wurde Quincas unruhig. Als vermißte er etwas, das auf sich warten ließ. Um sich zu zerstreuen, um sich aber in der unangenehmen Lage selbst länger zu täuschen, begann Wanda eine angeregte Unterhaltung mit ihrem Mann, mit Onkel und Tante und vermied es, den Toten anzublicken. Sie hatte nur einen Wunsch: nach Hause gehen und eine Pille zum leichteren Einschlafen nehmen zu können. Warum drehten sich Quincas' Augen die ganze Zeit bald zum Fenster, bald zur Tür?

Die Nachricht hatte die vier Freunde nicht zur selben Zeit erreicht. Als erster erfuhr sie Curió, der seine mannigfachen Gaben als Werbefachmann der in der Baixa do Sapateiro gelegenen Läden verwertete. So postierte er sich in einem alten speckigen Frack mit bemaltem Gesicht gegen einen Hungerlohn an die Tür eines Ladens, pries die Wohlfeilheit und Güte der Waren an, hielt die Fußgänger mit einem Scherzwort auf, und bat, ja zwang sie fast, einzutreten. Von Zeit zu Zeit, wenn sein Durst unerträglich wurde – er ging ja einem verteufelten Handwerk nach, das Kehle und Brust austrocknete – lief er auf einen Sprung in die nächste Kneipe und leerte ein Gläschen, um die Stimme zu stärken. Bei einem solchen Abstecher traf ihn die Nachricht brutal wie ein Schlag gegen die Brust und verschlug ihm die Stimme. Außer sich kehrte er zurück und betrat den Laden, um dem syrischen Besitzer zu sagen, er möge an jenem Nachmittag nicht mehr mit ihm rechnen. Curió war noch jung, Freude und Schmerz trafen ihn tief. Er konnte den schrecklichen Schlag nicht allein verkraften. Jetzt bedurfte er der Gesellschaft der anderen Freunde, des gewohnten Fünferbunds.

Der Kreis, der sich beim Fischerhafen, am samstaglichen Nachtmarkt von Agua dos Meninos, bei den Sete Portas, bei der Schaustellung der *Capoeira* auf der Estrada da Liberdade einfand, war stets vielseitig. Seeleute, Markthändler, Babalaôs, Liebhaber der *Capoeira,* lichtscheues Gesindel, sie alle beteiligten sich an den endlosen Unterhaltungen und Abenteuerberichten, am lebhaften Kartenspiel, an den Fischzügen bei Mondlicht, an den Bummeleien durch das Vergnügungsviertel. Jochen Wasserbrüller besaß zwar zahlreiche Bewunderer und Freunde, jedoch waren er und jene vier unzertrennlich. Jahre und Jahre hindurch waren sie täglich zusammengekommen, sie hatten die Abende gemeinsam verbracht, mit Geld oder ohne Geld, mit gefüllter oder leerer Wampe, sie hatten die vorhandenen Moneten, sie hatten Freude und Traurigkeit geteilt. Erst jetzt merkte Curió, wie nahe sie einander gestanden hatten, Quincas' Tod schien ihm plötzlich wie eine Amputation, als hätte man ihnen einen Arm, ein Bein ausgerissen oder ihnen ein Auge ausgestoßen. Jenes

Herzauge, von dem die Mãe-de-Santo, die Große Mutter aller Weisheit, sprach. Curió dachte, sie müßten unbedingt gemeinsam vor den Leichnam des Quincas treten.

So machte er sich auf die Suche nach Negro Pastinha, der zu jener Stunde sicherlich auf dem Largo das Sete Portas irgendwelchen Bicheiros – Lotterieverkäufern – behilflich war, um sich ein paar Nickel für den abendlichen Schnaps zu verdienen. Pomadenneger war fast zwei Meter lang, und wenn er die Brust herausdrückte, glich er einem Denkmal, so groß und stark war er. Niemand konnte es mit dem Schwarzen aufnehmen, wenn dieser in Wut geriet. Glücklicherweise kam dies selten vor, da Negro Pastinha von fröhlicher, kindlicher Gemütsart war.

Curió fand ihn, wie vermutet, auf dem Largo das Sete Portas. Er hockte auf dem Gehsteig des kleinen Marktes, in Tränen aufgelöst, eine fast geleerte Flasche in der Hand. Neben ihm, eines Sinnes im Schmerz und im Schnaps, stimmten mehrere Stromer in seine Seufzer und Wehklagen ein. Er mußte also die Nachricht bereits erfahren haben, so schloß zumindest Curió beim Anblick des Schauspiels. Negro Pastinha nahm einen Schluck, verdrückte eine Träne und brüllte verzweifelt:

»Unser Väterchen ist tot...«

»... Unser Väterchen...«, stöhnten die anderen.

Die tröstliche Flasche kreiste, die Tränen entquollen den Augen des Negers, sein Schmerz nahm unwiderstehlich zu:

»Ein guter Mensch ist tot...«

»... ein guter Mensch...«

Von Zeit zu Zeit gesellte sich ein neues Element zu dem

Kreis, manchmal ohne zu wissen, worum es sich handelte. Negro Pastinha hielt ihm die Flasche hin und stieß den Schrei eines Erdolchten aus:

»Quincas Berro Dágua ist gestorben.«

»Er war so gut...«

»... war so gut...«, tönte das Echo der anderen, mit Ausnahme des Neulings, der auf eine Aufklärung des Wehgeheuls und des Gratisschlucks wartete.

»Sag du auch was, Elender...«. Ohne aufzustehen, streckte Negro den mächtigen Arm aus und schüttelte den Neuankömmling, ein unheilverkündendes Blitzen im Auge. »Oder findest du, daß er schlecht war?«

Jemand erklärte eilig, ehe ein Streit ausbrechen konnte:

»Quincas? ... Er war gut...«, sagte der Neue im Bunde, überzeugt und überwältigt.

»Noch eine Pulle!« forderte zwischen zwei Schluchzern Pomadenneger.

Ein Gassenjunge stand behende auf und lief in den benachbarten Ausschank:

»Pastinha will noch 'ne Pulle.«

Wo immer der Tod des Quincas bekannt wurde, stieg der Umsatz an Schnaps, Curió beobachtete das Schauspiel von weitem. Die Nachricht war rascher gewesen als seine Beine. Jetzt sah der Neger ihn, stieß sein furchtbares Geheul aus, reckte die Arme gen Himmel und stand auf:

»Curió, mein Brüderchen, unser Väterchen ist tot.«

»... unser Väterchen«, wiederholte der Chor.

»Haltet's Maul, ihr Hunde. Laßt mich Brüderchen Curió umarmen.«

Der Höflichkeitsbrauch des Volkes von Bahia, des ärmsten und zugleich zivilisiertesten, das es gibt, wurde augenblicklich befolgt. Die Stimmen verstummten. Curiós Frackschöße hoben sich im Wind, über sein bemaltes Gesicht liefen Tränen. Dreimal umarmten sie einander, er und Neger Pastinha, ihr Schluchzen verschmelzend. Curió nahm die neue Flasche entgegen und suchte in ihr Tröstung. Aber Negro Pastinha war untröstlich:

»Das Licht der Nacht ist aus...«

»... das Licht der Nacht...«

Curió schlug vor:

»Wir wollen die anderen holen, um zu ihm zu gehen.«

Korporal Martim konnte an drei Orten sein. Entweder schlief er im Hause der Carmela, noch müde vom Vorabend, oder er war beim Gespräch an der Steilgasse des Marktes, oder aber beim Spielchen auf der Feira de Água dos Meninos. Nur diesen drei Beschäftigungen widmete sich Martim, seit er vor etwa fünfzehn Jahren aus dem Heeresdienst ausgeschieden war: der Liebe, der Unterhaltung, dem Spiel. Nie hatte er einen anderen bekannten Beruf ausgeübt, Frauen und Dummköpfe schenkten ihm, was er zum Leben brauchte. Nachdem man die ruhmreiche Uniform getragen hatte, wieder arbeiten zu sollen, erschien Korporal Martim als offensichtliche Erniedrigung. Der Stolz des schmucken Mulatten und die Geschicklichkeit seiner Hände beim Kartenspiel brachten ihm Hochachtung ein. Von seiner Fähigkeit als Gitarrenspieler gar nicht zu reden.

Im Augenblick übte er seine Kartenkünste auf der Feira de Água dos Meninos aus. Indem er dies mit so viel Schlichtheit tat, trug er erstens zur seelischen Erheiterung einiger Omnibus- und Lastwagenfahrer bei, tat das Seine bei der Erziehung zweier Gassenbuben, die gerade ihre praktische Lehrzeit des Lebens begannen, und half schließlich einigen Marktstandbesitzern, ihre während der Verkaufsstunden erzielten Gewinne nutzbringend anzulegen. Auf diese Weise wirkte er eines der lobenswertesten Werke. Infolgedessen war es schon zu begreifen, daß einer der Markthändler über Martims Handfertigkeit als Bankhalter nicht begeistert war und zwischen den Zähnen knurrte: »Soviel Dusel stinkt nach Schwindel.« Korporal Martim hob seine unschuldsblauen Augen zu dem übereilten Kritiker und hielt ihm das Kartenspiel hin, damit er die Bank übernehme, wenn er dazu Lust und die notwendige Fähigkeit habe. Was ihn, Korporal Martim, betraf, so ziehe er vor, gegen die Bank zu setzen, sie im Handumdrehen zu sprengen und den Bankhalter ins schwärzeste Elend zu stoßen. Leider sehe er sich außerstande, Anspielungen auf seine Ehrlichkeit hinzunehmen. Als alter Soldat sei er besonders empfindlich gegen jede Bemerkung, die seine Honorigkeit in Zweifel ziehe. Und zwar so empfindlich, daß er sich bei einer zweiten Herausforderung gezwungen sehen würde, dem Betreffenden die Visage einzuschlagen. Die Begeisterung der Jugendlichen wuchs, die Chauffeure rieben sich erhitzt die Hände. Nichts war ergötzlicher als eine anständige Prügelei. Besonders wenn sie gratis und franko dargeboten wurde. In diesem Augenblick, als alles auf Spitz und Knopf stand, tauchten Curió und Negro Pastinha mit der tragischen Nachricht und der Schnapsflasche auf, deren Boden gerade bedeckt war. Sie brüllten dem Korporal entgegen:

»Tot! Tot!«

Korporal Martim blickte sie mit fachkundigem Auge an, heftete rasch einen berechnenden Blick auf die Flasche und meinte zu seiner Runde:

»Da muß etwas Wichtiges passiert sein, wenn sie schon eine Flasche geschnasselt haben. Entweder hat Negro Pastinha beim *Bicho* – im Zahlenlotto – gewonnen oder Curió hat sich verlobt.« Da nämlich Curió ein unverbesserlicher Romantiker und ein leichtes Opfer lodernder Leidenschaften war, erkor er sich häufig eine Braut. Jede Verlobung wurde gebührend gefeiert, ihr Beginn mit Fröhlichkeit, und bald darauf der Abschluß mit schicksalsergebener Traurigkeit.

»Jemand ist tot..«, sagte ein Chauffeur.

Korporal Martim spitzte die Ohren.

»Tot! Tot?«

Gebeugt unter der Last der bösen Kunde, kamen die beiden einhergetrottet; von den Sete Portas bis zum Água dos Meninos, vom Fischereihafen bis zu Carmelas Haus hatten sie die Trauerbotschaft an viele Leute weitergegeben. Warum entkorkte bei der Nachricht von Quincas' Ableben jedermann sofort eine Flasche? Es war ja nicht ihre Schuld, daß sie als Herolde von Schmerz und Trauer unterwegs so viele Menschen angetroffen hatten, daß Quincas so viele Bekannte und Freunde hatte. An jenem Tag begann man in der Stadt Bahia lange vor der üblichen Stunde zu trinken. Es lag aber auch ein triftiger Grund vor, denn nicht alle Tage stirbt ein Quincas Berro Dágua.

Uneingedenk der Auseinandersetzung, das Kartenspiel in der Hand, beobachtete Korporal Martim sie mit wachsender

Neugierde. Sie weinten, wahrhaftig, das taten sie. Negro Pastinhas Stimme drang wie erstickt zu ihm:

»Unser Väterchen ist tot...«

»Jesus Christus oder der Gouverneur?« fragte einer der Gassenjungen, der sich zum Spaßvogel berufen fühlte. Die Hand des Negers hob ihn in die Luft und schleuderte ihn zu Boden.

Alle begriffen, daß die Angelegenheit ernst war. Curió hob die Flasche und sagte:

»Wasserbrüller ist tot!«

Das Kartenspiel entfiel Martims Hand. Der gehässige Markthändler sah seine schlimmsten Vermutungen bestätigt: Asse und Damen, die Karten des Bankhalters, flatterten massenweise zu Boden. Aber auch er hatte Quincas' Namen gehört und beschloß daher, keinen Streit vom Zaun zu brechen. Korporal Martim bemächtigte sich der Flasche aus Curiós Hand, leerte sie auf einen Zug und warf sie verächtlich fort. Dann heftete er einen langen Blick auf die Marktstände, auf die Lastwagen und Autocars der Straße, auf die Boote auf dem Meer, auf das Kommen und Gehen der Menschen. Plötzlich fühlte er Leere und hörte nicht einmal mehr das Kreischen der Vögel in den Käfigen eines nahen Marktstandes.

Er war kein Mann, der Tränen vergoß; ein Soldat weint auch dann nicht, wenn er die Uniform ausgezogen hat. Aber seine Augen wurden winzigklein, seine Stimme versagte, er verlor alle Prahlsucht und sagte mit einer Kinderstimme:

»Wie war das nur möglich?«

Er hob seine Spielkarten auf, trat zu seinen Kumpanen.

Nun galt es nur noch Pé-de-Vento zu finden. Dieser hatte keinen bestimmten Aufenthaltsort, außer donnerstags und sonntags nachmittag, wenn er sich auf der Estrada da Liberdade in Waldemars Capoeira-Trupp tummelte. Er lebte von der Jagd auf Ratten und Frösche, die er den medizinischen und chemischen Laboratorien verkaufte, was ihm und seinen Meinungen Achtung und Bewunderung eintrug. War er, der mit Doktoren verhandelte und schwierige Ausdrücke beherrschte, daher nicht auch eine Art Wissenschaftler?

Erst nach einem langen Weg und verschiedenen Zügen aus der Flasche stießen sie auf ihn, der, in seinen weiten Rock gemummt, als fröre er, mutterseelenallein vor sich hinbrummte. Er hatte die Nachricht bereits durch andere Kanäle erfahren, auch er war auf der Suche nach den Freunden. Als er ihrer ansichtig wurde, steckte er die Hand in eine seiner Taschen. Um ein Taschentuch für seine Tränen herauszuziehen, dachte Schönvogel. Aber aus den Tiefen der Tasche förderte Windsbraut einen kleinen Laubfrosch, grünschimmernd wie ein Smaragd, zutage.

»Ich hatte ihn für Quincas aufbewahrt, ich hab nie einen so hübschen gefunden.«

IX

Als sie an die Kammertür gelangten, streckte Windsbraut die Hand aus, auf dessen Fläche der Laubfrosch mit seinen kleinen, hervorquellenden Augen saß. Einer hinter dem anderen, machten sie vor der offenen Türe halt, und Negro Pastinha reckte den Mostkopf, um besser sehen zu können. Beschämt steckte Windsbraut seinen Frosch wieder in die Tasche.

Alsbald unterbrach die Familie ihre angeregte Plauderei, und vier feindselige Augenpaare musterten den ungewöhnlichen Auftritt. Das hatte noch gefehlt, dachte Wanda. Korporal Martim, der in Dingen der Erziehung nur Quincas nachstand, zog die zerdrückte Mütze und begrüßte die Anwesenden:

»Guten Abend, meine Damen und Herren. Wir hätten ihn gerne...«

Damit trat er über die Schwelle, die anderen hinterdrein, die Familie wich eilends zurück, und die vier umringten den Sarg. Curió dachte sofort an ein Versehen, sagte sich, der Tote könne schwerlich Quincas Berro Dágua sein, er erkannte ihn jedoch an seinem Lächeln. Die vier waren wie vor den Kopf geschlagen, nie hätten sie sich Quincas so sauber und elegant, so gutgekleidet, vorgestellt. Einen Augenblick lang vergaßen sie ihre Sicherheit, wie durch Zauberkraft war ihre Schnapsseligkeit verflogen. Die Anwesenheit der Familie – zumal der Frauen – machte sie scheu und verschüchtert, sie bewirkte, daß sie nicht wußten, wo sie ihre Hände lassen, wie sie sich in Gegenwart des Toten benehmen sollten.

Curió, ein lächerlicher Anblick mit seinem rotgepinselten Gesicht und seinem ausgefransten Frack, schielte nach den drei anderen, wie um vorzuschlagen, man solle sich möglichst rasch aus dem Staube machen. Korporal Martim zauderte wie ein General am Vorabend der Schlacht bei der Abschätzung der feindlichen Streitkräfte. Windsbraut machte sogar einen

Schritt auf die Türe zu. Nur Pomadenneger, noch immer die Nachhut bildend, den dicken Kopf vorgestreckt, um auch etwas sehen zu können, zögerte keine Sekunde. Quincas lächelte ihm zu, der Neger lächelte zurück. Keine Macht der Erde war imstande, ihn von der Stelle zu bewegen, aus Väterchen Quincas' Nähe zu reißen. Er faßte Pé-de-Vento am Arm, und beantwortete mit den Augen Curiós Aufforderung. Korporal Martim begriff sofort, ein Soldat flieht nicht vom Schlachtfeld. Die vier verzogen sich in den Hintergrund des Zimmers.

Nun waren alle still, auf der einen Seite die Familie des Joaquim Soares da Cunha, dessen Tochter, Schwiegersohn und Geschwister, auf der anderen die Freunde des Quincas Berro Dágua. Pé-de-Vento steckte die Hand in die Tasche, berührte den verängstigten Laubfrosch, so gerne würde er ihn Quincas zeigen! Wie in einem Ballett trat die Familie auf den Sarg zu, während die Freunde zurückwichen. Wanda warf dem Vater einen vorwurfsvollen, verächtlichen Blick zu. Noch nach dem Tode schien er die Gesellschaft jenes Lumpenpacks vorzuziehen. Als Wanda den Vater schon bezwungen, als sie sein herausforderndes Gebaren durch ihren würdevoll-stummen Widerstand vernichtet sah, ihn endlich bereit glaubte, sich zu ergeben und von seinen Lippen jedes Schimpfwort zu bannen, da strahlte von neuem das Lächeln auf dem toten Antlitz, da gehörte der vor ihr liegende Leichnam mehr denn je Quincas Berro Dágua. Wäre nicht ihre Erinnerung an die beleidigte Otacília gewesen, sie würde den Kampf aufgegeben und die würdelose Leiche auf der Steilgasse von Tabuão ausgesetzt, sie würde den Sarg dem Leichenbestatter zurückgeben und den neuen Anzug an einen Trödler für die Hälfte des Kaufpreises verschachert haben. Die Stille wurde unerträglich.

Nun wandte sich Leonardo an Frau und Tante:

»Ich glaube, es ist Zeit, daß ihr geht. Sonst wird es zu spät.«

Noch vor wenigen Minuten hätte Wanda nichts mehr gewünscht als zu Hause auszuruhen. Da sie aber nicht die Frau war, sich geschlagen zu geben, biß sie auf die Zähne und antwortete:

»Noch ein Weilchen.«

Negro Pastinha setzte sich auf den Boden und lehnte den Kopf an die Wand. Pé-de-Vento stieß ihn mit dem Fuß an, da es unschicklich sei, sich vor den Angehörigen des Toten gehen zu lassen. Curió wollte lieber das Weite suchen, Cabo Martim warf dem Neger einen vorwurfsvollen Blick zu. Pastinha schob mit der Hand den unbequemen Fuß des Freundes weg und schluchzte:

»Er war doch unser Vater! Väterchen Quincas!«

Das war wie ein Schlag gegen Wandas Brust, wie eine Ohrfeige für Leonardo, wie ein Speichelspritzer in Eduardos Gesicht. Nur Tante Marocas lachte und schüttelte ihre Fettmassen, die über den einzigen, heiß umstrittenen Stuhl des Raums quollen.

»Wie ulkig!«

Negro Pastinha, entzückt von Marocas' Ausspruch, fiel aus dem Weinen ins Lachen. Noch beängstigender als das Schluchzen des Negers war sein Gelächter. Es klang wie Donnergetöse in dem kleinen Gemach und Wanda hörte ein zweites

Lachen durch Pastinhas Lachen hindurch: Quincas amüsierte sich königlich.

»Was soll dieses ungehörige Benehmen bedeuten?« Ihre trockene Stimme machte jene Einladung zur Herzlichkeit zunichte.

Angesichts der Zurechtweisung stand Tante Marocas auf und ging ein paar Schritte durchs Zimmer, begleitet von Negro Pastinhas Blick, der sie von oben bis unten beifällig musterte, sie nach seinem Geschmack fand, zwar fortgeschritten an Jahren, aber dafür stark und massiv, wie er Frauen schätzte. Für jene spillerigen Gestalten, bei denen man gar nichts in der Hand hatte, wenn man sie um die Taille faßte, hatte er wenig übrig. Wenn Negro Pastinha dieser Madame am Strand begegnete, er würde die tollsten Dinger mit ihr aufstellen, man brauchte nur einen Blick auf sie zu werfen, um zu erkennen, was für ein Kaliber sie war. Tante Marocas murmelte etwas von ihrem Wunsch, nach Hause zu gehen, sie fühle sich erschöpft und nervös. Wanda, die ihren Platz auf dem am Sarg stehenden Stuhl eingenommen hatte, antwortete nicht, sie glich einem Schatzwächter.

»Wir sind alle müde«, sagte Eduardo.

»Es wäre besser, wenn die Damen jetzt heimgingen...« Einem Mann wie Leonardo war die Steilgasse von Tabuão, die nach dem Tagesbetrieb in Kürze der Tummelplatz von Dirnen und Ganoven werden würde, nicht geheuer.

Guterzogen und hilfsbereit wie er war, schlug Cabo Martim vor:

»Wenn die Herrschaften ausruhen und ein Nickerchen machen wollen, bewachen wir ihn gerne.«

Eduardo wußte, daß das nicht ging: man konnte den Leichnam nicht allein, nicht ohne die Anwesenheit eines Familienmitglieds diesen Leuten anvertrauen. Trotzdem hätte er dem Vorschlag mit Freuden zugestimmt! Den ganzen Tag im Laden, von morgens bis abends auf den Beinen, Kunden bedienend, den Angestellten Anweisungen erteilend, das ging auf die Nieren. Eduardo legte sich mit den Hühnern schlafen und stand mit dem ersten Hahnenschrei auf, sein Stundenplan war streng eingeteilt. Wenn er vom Laden heimkam, machte er sich's nach dem abendlichen Bad und dem Abendessen auf seinem Kanapee bequem, streckte die Beine aus und schlief unverzüglich ein. Bruder Quincas verschaffte ihm nur Ärger. Zehn Jahre hatte er nichts anderes getan. Heute abend zwang er ihn sogar dazu, sich die Beine in den Leib zu stehen, nur mit ein paar Butterbroten im Magen. Warum sollte man ihn nicht seinen Freunden überlassen, jener Horde von Stromern, seinen Spießgesellen, mit denen er das letzte Jahrzehnt verbummelt hatte?... Was taten er und Marocas, Wanda und Leonardo eigentlich in dieser erbärmlichen Bude, in diesem Rattenloch? Er fand jedoch nicht den Mut, seine Gedanken auszusprechen: Wanda war schlecht erzogen und daher imstande, ihn an die zahlreichen Gelegenheiten zu erinnern, bei denen er, Eduardo, als er noch ein kleiner Mann war, Quincas auf der Tasche gelegen hatte. Er warf Cabo Martim einen gutmütigen Blick zu.

Pé-de-Vento, dessen Versuche, Negro Pastinha zum Aufstehen zu bewegen, gescheitert waren, setzte sich gleichfalls. Er verspürte Lust, den Laubfrosch auf seine Handfläche zu setzen und mit ihm zu spielen. Nie hatte er ein so hübsches

Exemplar gesehen. Curió, der einen Teil seiner Kindheit in einem von Patres geleiteten Kinderheim verbracht hatte, suchte in seinem wirren Gedächtnis nach einem vollständigen Gebet. Er hatte immer sagen hören, daß Tote der Gebete bedürfen. Und der Pater... Ob der Priester wohl schon dagewesen war oder erst am kommenden Morgen kommen würde? Die Frage kitzelte ihn in der Kehle:

»War der Priester schon da?«

»Morgen früh...«, antwortete Marocas.

Wanda wies sie mit einem Blick zurecht: wie kam sie dazu, mit einem solchen Kerl zu sprechen? Nun, da sie Achtung und Anstand wiederhergestellt hatte, fühlte sie sich besser. Sie hatte die Landstreicher in eine Zimmerecke verwiesen und ihnen Stille geboten. Schließlich war es ihr unmöglich, hier die ganze Nacht zu verbringen, weder ihr noch Tante Marocas. Im Anfang hatte sie sogar irgendwie gehofft, die Saufbrüder des Quincas möchten nicht lange bleiben, da es bei der Totenwache ja weder Schnaps noch eine Vesper gab. Sie konnte sich nicht erklären, warum die Burschen noch immer im Raum waren, Freundschaft für den Toten konnte es nicht sein, solche Zeitgenossen wußten überhaupt nicht, was Freundschaft war. Jedenfalls spielte selbst die unbequeme Gegenwart dieser Typen keine Rolle, solange sie am nächsten Tag nicht bei der Beerdigung auftauchten. Morgen, wenn sie vor der Beerdigung hierher zurückkam, würde sie die Dinge wieder in die Hand nehmen, die Familie würde wieder allein mit dem Toten sein, man würde Joaquim Soares da Cunha bescheiden und würdig bestatten. Sie stand von ihrem Stuhl auf und rief Marocas zu:

»Gehen wir!« Zu Leonardo sagte sie: »Bleib nicht zu lange, du sollst nicht um deinen Schlaf kommen. Onkel Eduardo hat schon gesagt, er wolle die Nacht aufbleiben.«

Eduardo, den Stuhl in Besitz nehmend, stimmte zu. Leonardo begleitete Frau und Tante an die Straßenbahnhaltestelle. Cabo Martim wagte ein »Gute Nacht, meine Damen« und erhielt keine Antwort. Nur das Kerzenlicht erhellte die Kammer. Negro Pastinha schlief fest und schnarchte fürchterlich.

X

Gegen zehn Uhr abends erhob sich Leonardo von dem Petroleumkanister, trat in die Nähe der Kerzen und sah auf die Uhr. Dann weckte er Eduardo, der auf seinem Stuhl unbequem und mit offenem Mund schlief:

»Ich gehe jetzt. Morgen früh um sechs bin ich wieder da. Damit du Zeit hast, vor dem Geschäft nach Hause zu gehen und dich umzuziehen.«

Eduardo streckte die Beine und dachte an sein Bett. Der Nacken tat ihm weh. In der Ecke der Kammer führten Curió, Pé-de-Vento und Cabo Martim eine leidenschaftliche Diskussion: wer von ihnen würde Quincas Nachfolger im Herzen und im Bett von Quitéria mit dem Pillauge werden? Cabo Martim legte empörende Selbstsucht an den Tag, als er sich weigerte, von der Wahl ausgeschlossen zu werden, nur weil er das Herz und den Körper der Negerin Carmela besaß. Als das Geräusch von Leonardos Schritten sich auf der

Straße verlor, musterte Eduardo die Gruppe. Die Unterhaltung brach ab, Cabo Martim lächelte dem Kaufmann zu. Dieser warf einen neidischen Blick auf Negro Pastinhas seligen Schlummer. Wieder rückte er sich auf dem Stuhl zurecht und legte die Beine auf die Petroleumkanister. Sein Nacken schmerzte. Pé-de-Vento konnte nicht widerstehen, zog den Laubfrosch aus der Tasche und setzte ihn auf den Fußboden. Zum Schießen, wie er herumhüpfte! Es war, als wäre ein Zauberspuk im Zimmer losgelassen. Eduardo fand keinen Schlaf. Er betrachtete den Toten, der unbeweglich in seinem Sarg lag. Er war der einzige, der es bequem hatte. Warum, zum Teufel, mußte er hier auch Totenwache spielen? Hätte es nicht genügt, wenn er beim Begräbnis erschienen wäre, da er doch die Hälfte der Unkosten auf sich genommen hatte? Er erfüllte seine Bruderpflicht wirklich über das notwendige Maß hinaus, wenn er bedachte, was für ein Bruder Quincas gewesen war, ein Mensch, der ihm sein Lebtag nur Verdruß bereitet hatte.

Er stand auf, bewegte Arme und Beine und riß gähnend den Mund auf. Pé-de-Vento verbarg das grüne Fröschchen in der Hand. Curió dachte an Quitéria mit dem Pillauge. Ein fetter Braten, Donnerknispel...! Eduardo blieb vor ihm stehen:

»Sagt mir mal eines...«

Korporal Martim, Psychologe aus Berufung und Notwendigkeit, stand stramm:

»Zu Befehl, Herr Kommandant.«

Wer weiß, vielleicht stiftete der Kaufmann ein Fläschchen, um die lange Nachtwache zu verkürzen?

»Bleibt ihr die ganze Nacht?«

»Bei ihm? Jawohl, Senhor. Wir waren ja Freunde.«

»Dann gehe ich nach Hause und ruhe ein wenig aus.« Damit steckte er die Hand in die Tasche und zog eine Banknote hervor. Die Augen des Korporals, Curiós und Pé-de-Ventos verfolgten seine Gebärde. »Das ist für euch, damit ihr euch eine Stulle kaufen könnt. Aber laßt ihn nicht allein. Keine Minute, verstanden!«

»Können unbesorgt sein, wir leisten ihm Gesellschaft.«

Negro Pastinha erwachte, als der Geruch des Zuckerrohrschnapses ihn erreichte. Bevor die Flasche die Runde machte, hatten Curió und Pé-de-Vento Zigaretten angezündet, Cabo Martim eine jener schwarzen starken Zigarren, die nur ein echter Raucher zu schätzen weiß. Auch als dicke Rauchwolken über die Nase des Negers strichen, wachte er nicht auf. Sobald aber die Flasche entkorkt war – jene umstrittene erste Flasche, die der Korporal nach Aussagen der Familie unter dem Hemd verborgen hatte – öffnete der Neger die Augen und verlangte ein Schlückchen.

Die ersten Züge lösten in den vier Freunden ein kritisches Bewußtsein aus. Quincas' Familie, aufgeblasen wie sie war, hatte sich als kleinlich und geizig erwiesen. Sie hatte alles nur halb gemacht. Wo waren die Stühle für die Trauergäste? Wo die üblichen Getränke und Gerichte, die selbst bei der Totenwache Unbemittelter aufgetragen wurden? Cabo Martim hatte schon bei mancher Totenwache mitgewirkt, aber noch nie so wenig Stimmung erlebt. Selbst die Ärmsten der Armen stifteten zumindest ein Täßchen Mokka und ein Gläschen Schnaps. Quincas hatte eine solche Mißhandlung nicht verdient. Wozu war so viel Aufgeblasenheit nütze, wenn der Tote derart gedemütigt, wenn den Freunden jegliche Erfrischung vorenthalten wurde? So machten sich Pé-de-Vento und Cabo Martim nach Stühlen und einer Atzung auf den Weg, da der Korporal fand, die Totenwache müsse zumindest ein Gesicht haben. Von seinem Stuhl aus gab er Anweisungen: Kisten und Flaschen. Negro Pastinha, der den Petroleumkanister eingenommen hatte, nickte zustimmend.

Allerdings mußte zugegeben werden, daß die Familie, was den Leichnam betraf, korrekt gehandelt hatte. Er trug ja einen neuen Anzug und neue Schuhe, daran war nichts auszusetzen. Außerdem brannten schöne Kerzen, und zwar Kirchenkerzen. Trotzdem fehlten Blumen, hatte man je eine Leiche ohne Blumen gesehen?

»Er sieht schnieke aus«, pries Negro Pastinha, »noch im Tode ein feiner Pinkel!«

Quincas lächelte über das Lob, und der Neger lächelte zurück.

»Väterchen...«, sagte er bewegt, und stieß ihn mit dem Finger in die Rippen, wie er es bei einem guten Witz des Quincas immer getan hatte.

Curió und Pé-de-Vento kehrten mit Kisten, einem Stück Salami und einigen vollen Flaschen zurück. Sie setzten sich im Halbkreis um den Toten und Curió schlug vor, man solle gemeinsam ein Vaterunser beten. Er hatte sich mit einer überraschenden Anstrengung fast das ganze Gebet ins Gedächtnis zurückgerufen. Die anderen stimmten ohne Überzeugung zu. Die Aufgabe kam ihnen nicht leicht vor. Negro Pastinha kannte zwar verschiedene, für Oxum und Oxalá gemünzte Trommelwirbel, aber weiter reichte seine religiöse Bildung nicht. Pé-de-Vento hatte dreißig Jahre nicht mehr gebetet. Cabo Martim betrachtete Gebet und Kirchgang als Schwächen, die mit dem Soldatenleben kaum vereinbar waren. Dennoch machten sie den Versuch, wobei Curió das Gebet sprach und die anderen nach Kräften respondierten.

Schließlich verlor Curió – der niedergekniet war und den Kopf zerknirscht gesenkt hatte – die Lust:

»Vollidioten...«

»s' fehlt uns halt an Übung...«, meinte der Korporal. »Wir haben getan, was wir konnten. Alles andere macht der Priester morgen früh.«

Quincas schien nicht viel Spaß an dem Gebet zu finden, vermutlich schwitzte er in seinem dicken Anzug. Pastinha musterte den Freund, es mußte etwas für ihn getan werden, zumal da das Gebet halb mißlungen war. Ob man eine Candomblé-Beschwörung singen sollte? Etwas mußte geschehen. Pé-de Vento sagte:

»Wo ist die Kröte? Gib sie ihm...«

»Kröte, von wegen! Frosch! Was soll er denn damit?«

»Vielleicht macht er ihm Spaß.«

Behutsam zog Pé-de-Vento den Laubfrosch hervor und legte ihn auf Quincas' gefaltete Hände. Das Tierchen verbarg sich mit einem Satz in einem Winkel des Sarges. Als das Irrlicht der Kerzen auf seinen Leib fiel, huschte ein grüner Widerschein über den Leichnam.

Zwischen Cabo Martim und Curió begann die Diskussion über Quitéria mit dem Pillauge von neuem. Mit einem kräftigen Trunk im Leibe wurde Curió streitbarer und hob die

Stimme in Verteidigung seiner Ansprüche. Aber Negro Pastinha fiel ihm ins Wort:

»Schämst du dich nicht, dich vor ihm um seine Frau zu balgen? Er ist noch nicht kalt, und schon führt ihr euch auf wie Geier bei einem Stück Aas!«

»Er soll's entscheiden…«, sagte Pé-de-Vento. Er nährte Hoffnungen, von Quincas als Erbe Quitérias, seines einzigen Besitzes, eingesetzt zu werden. Hatte er ihm denn nicht einen grünen Laubfrosch, den schönsten, den er je erwischt hatte, mitgebracht?

»Hmm!« machte der Tote.

»Siehst du, er will von diesem Gerede nichts wissen«, der Neger wurde aufgebracht.

»Wir wollen auch ihm einen Schluck geben…«, schlug der Korporal vor, der bei dem Toten gut Wetter machen wollte.

Sie öffneten ihm den Mund und schütteten einen Schluck Schnaps hinein. Ein paar Tropfen rannen über den Rockkragen und in den Hemdkragen.

»Hab auch noch niemanden liegend trinken sehen…«

»Wir setzen ihn lieber auf. So kann er uns besser sehen.«

Sie richteten Quincas in seinem Sarg auf, sein Kopf schwankte hin und her. Der Schnaps hatte sein Lächeln verbreitert.

»Anständiger Rock…«. Cabo Martim prüfte den Stoff. »Ein Blödsinn, einem Toten neues Zeug anzuziehen. Er ist tot, er geht unter die Erde und damit basta. Wozu neue Klamotten, damit die Würmer sie fressen, wo manch einer nicht das Nötigste hat…«

Er spricht die Wahrheit, dachten die anderen. Sie gaben

Quincas noch ein Schlückchen, der Kopf des Toten schwankte hin und her, er war Manns genug, einem anderen recht zu geben, wenn dieser recht hatte, anscheinend stimmte er mit Martims Überlegungen überein.

»Er besabbelt ja nur sein neues Zeug.«

»Wir ziehen ihm lieber die Jacke aus, damit er sie nicht versaut.«

Quincas sah erleichtert aus, als man ihm den schwarzen, schweren, viel zu heißen Rock ausgezogen hatte. Als er aber immer noch Schnaps spuckte, streiften sie ihm auch das Hemd ab. Curió liebäugelte mit den glänzenden Schuhen, die seinen waren in Fetzen. Wozu braucht ein Toter neues Schuhwerk, was, Quincas?

»Die passen mir wie angegossen.«

Negro Pastinha holte aus der Ecke die alten Lumpen des Freundes, kleidete ihn von neuem ein, und schließlich mußten sie erkennen:

»Endlich ist er wieder der alte Quincas...«

Sie waren froh, Quincas schien auch zufriedener, als er seine unbequemen Kleider los war. Besonders dankbar aber sah Curió aus, denn die neuen Schuhe hatten den toten Kumpanen böse gedrückt. Der Ausschreier benutzte die Gelegenheit, seinen Mund Quincas' Ohren zu nähern und ihm etwas über Quitéria zuzuflüstern. Warum tat er's nur? Neger Pastinha hatte recht: die Unterhaltung über das Mädchen schien Quincas keineswegs zu behagen. Er wurde wild und spuckte Curió einen Strahl Schnaps ins Auge. Die anderen fuhren eingeschüchtert zusammen.

»Er ist scheint's sauer...!«

»Hab' ich's nicht gesagt?«

Pé-de-Vento hatte soeben die neuen Hosen angestreift, Cabo Martim zog den Rock über. Das Hemd wollte Negro Pastinha in einer seiner Stammkneipen gegen eine Flasche Schnaps eintauschen. Alle vier bedauerten nur das Fehlen der Unterhose. Taktvoll sagte Cabo Martim zu Quincas:

»Wir wollen zwar nicht lästern, aber deine Familie ist verflixt knickerig. Ich glaube, dein Schwiegersohn hat sich die Unterhose unter den Nagel gerissen...«

»Knauser...«, berichtigte Quincas.

»Wo du's selbst sagst, muß es wohl stimmen. Wir wollten die Leute ja nicht beleidigen, schließlich sind es deine Angehörigen. Aber solche Geizkragen, solche Pfennigfuchser... Getränke müssen wir selbst stellen, wo hat man je so Totenwache gehalten?«

»Keine einzige Blume...«, warf Pastinha ein. »Solche Verwandte können mir gestohlen bleiben.«

»Die Männer dumm wie Bohnenstroh. Die Weiber Klapperschlangen...«, berichtigte Quincas.

»Hör zu, Väterchen. Die Dicke ist vielleicht gar nicht so übel... Ihr Hintern ist nicht zu verachten...«

»Ein Furzsack.«

»Sag das nicht, Väterchen. Sie ist vielleicht ein bißchen zerknautscht, aber deshalb brauchst du sie nicht gleich schlecht zu machen. Ich habe schon auf schlechterem Papier geschrieben.«

»Blöder Nigger. Weißt nicht mal, was ein strammes Weib ist.«

Pé-de-Vento, ohne jedes Gefühl für Schicklichkeit, meinte:

»Stramm ist die Quitéria, was, Alterchen? Was wird sie nun anstellen? Wenn's nach mir ginge...«

»Halts Maul, Miststück! Siehst du nicht, daß es ihn verärgert?«

Aber Quincas hörte nicht zu. Er warf den Kopf Cabo Martim zu, der versucht hatte, ihn in der Runde zu übergehen, und schlug ihm mit dem Kopf fast die Flasche aus der Hand.

»Gib Väterchen seinen Anteil«, forderte Negro Pastinha.

»Er hat's doch nur verschüttet«, wollte der Neger erklären.

»Er trinkt, wie er's versteht. Das ist sein gutes Recht.«

Cabo Martim streckte den Flaschenhals in Quincas' offenen Mund:

»Immer mit der Ruhe, Kamerad. Ich wollte dich nicht kränken. Da, trink, soviel du willst. Wir feiern ja für dich...«

Die Diskussion über Quitéria war eingestellt. Allem Anschein nach duldete Quincas nicht, daß das Thema angeschnitten wurde.

»Der Stoff ist verdammt gut«, lobte Curió.

»Beschissen!« berichtigte Quincas als Kenner.

»Aber für den Preis...«

Der Laubfrosch sprang auf die Brust des Quincas, der ihn bewunderte und schleunigst in der Tasche des alten Überrocks verwahrte.

Der Mond ging über der Stadt und dem Meer auf, Bahias Mond drang mit seinem silbernen Überfluß ins Zimmer. Und mit ihm die Seebrise, die die Kerzen löschte, so daß der Sarg im Dunklen lag. Gitarrenspiel irrte über die Steige, eine Mädchenstimme sang von Liebesleid, auch Cabo Martim begann zu trällern:

»Er mag nichts lieber als ein Liedchen...«

So sangen die vier, der Baß des Negers Pastinha hallte weit über die Rampe zu den Fischerbooten hinaus. Sie tranken und sangen. Quincas versäumte keinen Schluck, keinen Ton, er liebte Gesang.

Als ihnen die Lust am Singen vergangen war, fragte Curió:

»Sollte nicht heute Meister Manuels Fischsuppe steigen?«

»Genau, heute. Rochensuppe«, betonte Pé-de-Vento.

»Keiner macht die Rochensuppe wie Maria Clara«, behauptete der Korporal.

Quincas schnalzte mit der Zunge, und Negro Pastinha lachte:

»Der ist ganz verrückt auf die Suppe.«

»Warum gehen wir nicht hin? Meister Manuel wird sonst vielleicht eingeschnappt sein.«

Der Vierverband tauschte einen Blick. Man war bereits im Verzug, wenn man noch die Frauen abholen wollte. Curió meldete Zweifel an.

»Wir haben aber versprochen, ihn nicht allein zu lassen.«

»Allein? Er geht doch mit.«

»Ich hab Hunger«, sagte Negro Pastinha.

Sie wandten sich an Quincas:

»Willst du mit?«

»Bin ich lahm, daß ich hierbleiben soll?«

Noch ein Schluck, und die Flasche war leer. Dann stellten sie Quincas auf die Beine. Negro Pastinha bemerkte:

»Er ist so voll, daß er kaum stehen kann. Mit seinem Alter kann er Schnaps nicht mehr vertragen. Los,Väterchen!«

Curió und Pé-de-Vento gingen voran. Quincas, eingehakt bei Negro Pastinha und Cabo Martim, trabte im Tanzschritt quietschfidel hinterdrein.

XI

Allem Anschein nach versprach es eine denkwürdige, unvergeßliche Nacht zu werden. Jochen Wasserbrüller war in Hochform. Ungewöhnliche Begeisterung hatte sich der Gruppe bemächtigt, sie fühlten sich als Herren der fantastischen Nacht, als der Halbmond das Geheimnis der Stadt Bahia umhüllte. An der Steilgasse Pelourinho versteckten sich Pärchen hinter jahrhundertealten Portalen, Katzen miauten auf den Dächern, Gitarren seufzten Serenaden. Es war eine verzauberte Nacht, Trommelwirbel, Schüttelschlag erdröhnte in der Ferne, der Pelourinho glich einem geisterhaften Schauplatz.

Quincas Berro Dágua versuchte in seiner Ausgelassenheit dem Korporal und dem Neger das Bein zu stellen, er zeigte den Vorübergehenden die Zunge, er streckte den Kopf schelmisch in eine Türe, um ein Liebespärchen zu belauschen, und wollte sich nach jedem Schritt flach auf die Straße legen. Die fünf Freunde hatten es mit einemmal nicht mehr eilig, es war, als gehörte ihnen die Zeit, als stünden sie außerhalb jeder Zeitrechnung, als müßte jene magische Nacht von Bahia zumindest eine Woche anhalten. Denn – so behauptete Negro Pastinha – ein Geburtstag des Quincas Berro Dágua lasse sich nicht in der kurzen Spanne weniger Stunden feiern. Quincas leugnete nicht, daß es sein Geburtstag war, wenn die anderen sich auch nicht daran erinnern konnten, ihn in vergangenen Jahren gefeiert zu haben. Was sie stets feierten, waren die zahlreichen Verlobungen Curiós, die Geburtstage Maria Claras, Quitérias, und ausnahmsweise einmal die wissenschaftliche Entdeckung eines von Pé-de-Ventos Kunden, einem Erfinder, der in der Freude über seinen Erfolg seinem »bescheidenen Mitarbeiter« eine Fünfhunderter-Note zugesteckt hatte. Zum erstenmal begingen sie Quincas' Geburtstag, das mußte gebührend gefeiert werden. Sie gingen am Steilhang Pelourinho entlang, auf der Suche nach Quitérias Haus.

Seltsam: der übliche Lärm der Kneipen und Freudenhäuser von São Miguel war nicht zu vernehmen. Alles in jener Nacht schien anders zu sein. Sollte die Polizei eine unerwartete Razzia unternommen und die Bordells und Bars geschlossen haben? Sollten die Polizisten Quitéria, Carmela, Doralice, Ernestina und die dicke Margarida mitgenommen haben? Würden sie nicht vielleicht in einer Falle landen? Cabo Martim beschloß, das Kommando zu übernehmen, und schickte Curió auf Spähtrupp aus.

»Du sondierst das Gelände«, befahl er.

Während sie warteten, setzten sie sich auf die Stufen der Largo-Kirche. Eine Flasche war noch zu leeren. Quincas legte sich nieder, blickte zum Himmel auf, lächelte in den Mondschein.

Curió kehrte bald in Begleitung einer lärmenden, Hochs und Hurrahs ausstoßenden Schar zurück, an deren Spitze unschwer die majestätische Quitéria mit dem Pillauge zu erkennen war, ganz in Schwarz, den Kopf von einem Spitzenschleier umhüllt, eine untröstliche Witwe, die von zwei Frauen gestützt wurde.

»Wo ist er?« schrie sie in höchster Erregung.

Curió beschleunigte den Schritt und erstieg die Stufen der Kirche; als er die Stimme erhob, sah er in seinem zerschlissenen Frack wie ein Volksredner aus:

»Es hat sich die Nachricht verbreitet, das Berro Dágua abgekratzt ist. Alles war in Trauer.« Quincas und seine Freunde lachten. »Aber er ist hier, Leute, heute ist sein Geburtstag, wir sind beim Feiern und werden uns in Meister Manuels Boot eine Fischsuppe zu Gemüte führen.«

Quitéria mit dem Pillauge befreite sich aus den hilfreichen Armen der Doralice und der feisten Margó und wollte Quincas entgegenstürzen, der jetzt neben Negro Pastinha auf einer Stufe saß. Aber vermutlich infolge der Erregung jenes unbeschreiblichen Augenblicks fiel sie auf den Hintern. Aber schon hob man sie auf und half ihr, näherzukommen:

»Strauchdieb! Hundesohn! Elender! Was fällt dir ein, zu verbreiten, du seist tot, und die Leute zu erschrecken?«

Sie setzte sich neben den lächelnden Quincas, ergriff seine Hand und legte sie auf ihren stürmisch wogenden Busen, damit er das Schlagen ihres bekümmerten Herzens fühle.

»Ich bin fast gestorben, als ich das hörte, und währenddessen du dich toll und voll säufst... Himmelhund... Wo gibt's einen wie dich, Brüllerchen, der sich sowas einfallen läßt? An dir ist wirklich Hopfen und Malz verloren, Berrito, bei dir ist alles umsonst, du machst einen fix und fertig...«

Lachend machte die Schar Bemerkungen; in den Kneipen begann der Betrieb von neuem, in die Steilgasse São Miguel kam wieder Leben. Man ging in Quitérias Haus. In Schwarz war sie bildschön, nie hatte sie so begehrenswert ausgesehen.

Während sie die Steilgasse auf dem Wege zum Bordell São Miguel entlanggingen, wurden ihnen die verschiedenartigsten Ovationen entgegengebracht. In der »Flor de São Miguel« zahlte ihnen der Deutsche Hansen eine Runde Korn. Weiter oben verteilte der Franzose Verger afrikanische Amulette unter die Frauen. Er konnte sie doch nicht behalten, da er in jener Nacht noch an einer Kultzeremonie teilnehmen mußte. Die Türen der Freudenhäuser öffneten sich von neuem, die Dirnen erschienen an den Fenstern und auf dem Gehsteig. Wo immer sie vorbeikamen, hörte man Quincas' Namen und Hochrufe auf ihn. Er dankte mit einem Kopfnicken wie ein König, der in sein Reich zurückkehrt. In Quitérias Haus herrschte Trauer und Niedergeschlagenheit. In ihrem Schlafzimmer erstrahlte neben einem Farbdruck unseres Herrn Jesus Christus von Bomfim und der Tonfigur des Cabcclo Aroeira, ihres geistigen Führers, ein aus der Zeitung ausgeschnittenes Foto von Quincas – das einer Berichtreihe von Giovanni Guimarães über »Das Leben der Bahianer Unterwelt« entstammte – flankiert von zwei brennenden Kerzen, davor eine rote Rose. Schon hatte Doralice, Quitérias Hausgenossin, eine Flasche geöffnet und bot ihren Inhalt in blauen Kelchen an. Quitéria blies die Kerzen aus, Quincas ließ sich aufs Bett sinken, und die anderen traten ins Eßzimmer. Quitéria war gleich bei ihnen:

»Der Elende schläft schon...«

»Hat auch hoch geladen...«, erklärte Pé-de-Vento.

»Laß ihn pennen«, riet Negro Pastinha. »Heute ist er aus dem Häuschen. Er hat ja auch ein Anrecht darauf...«

Man war für die Fischsuppe Meister Manuels schon zu spät daran, weshalb Quincas bald darauf geweckt werden mußte. Quitéria, die Negerin Carmela und die dicke Margarida wollten mitgehen. Doralice konnte der Einladung nicht Folge leisten, da sie soeben von Dr. Carmino Bescheid bekommen hatte, er werde heute abend noch kommen. Doktor Carmino – das wußten sie – zahlte monatlich, und das war eine Garantie, weshalb man ihn nicht vor den Kopf stoßen durfte.

Man stieg die Steilgassen hinab, jetzt war Eile geboten, Quincas rannte fast, stieß gegen die Steine und riß Quitéria und den Neger Pastinha mit, die er untergehackt hatte. Sie hofften das Boot noch am Kai vorzufinden.

Indessen machten sie auf halbem Wege bei der Bar Cazuzas, eines alten Freundes, halt. Das Lokal stand in schlechtem Ruf, da kein Abend verging, der nicht mit einer Keilerei endete. Eine Horde von Haschischrauchern tagte dort jeden geschlagenen Abend. Aber Cazuza war ein leutseliges Haus und schenkte gerne ein paar Gläschen, bisweilen auch eine ganze Flasche auf Pump aus. Da die Feiernden nicht mit leeren Händen beim Fischerboot ankommen konnten, beschlossen sie, Cazuza drei Liter Zuckerrohrschnaps abzuschwatzen. Und während Cabo Martim als unwiderstehlicher Diplomat an der Theke mit dem Besitzer flüsterte, der ganz verblüfft, war, Quincas Berro Dágua in Hochform zu sehen, setzten sich die anderen hin, um sich zu Ehren des Geburtstagskindes und auf Kosten des Hauses einen handfesten Hunger anzutrinken. Die Bar wimmelte von Gästen: von jungem, wortkargem Volk, von ausgelassenen Seeleuten, Weibern der übelsten Sorte, Lastwagenfahrern, die am selben Abend noch Feira de Santana erreichen sollten.

Der Klamauk kam unvermutet und fiel einzigartig aus. Tatsächlich scheint Quincas dafür verantwortlich gewesen zu sein. Er hatte sich hingesetzt, den Kopf an Quitérias Brust gelehnt, auch die Beine ausgestreckt. Es heißt, einer der jungen Leute sei beim Vorbeigehen über Quincas' Beine gestolpert, fast hingeschlagen und habe unflätig gemault. Negro Pastinha mißfiel das Aufbegehren des Haschischrauchers; an jenem Abend standen Quincas alle Vorrechte zu, einschließlich jenes, die Beine nach Gutdünken auszustrecken. Und das gab er unmißverständlich zu verstehen. Da der Bursche darauf nichts erwiderte, blieb es vorläufig dabei. Minuten darauf wollte jedoch ein anderer aus derselben Gruppe von Haschischrauchern vorbeigehen und bat Quincas, die Beine einzuziehen. Quincas tat, als hörte er nicht. Worauf der Schwachmatikus aufbrausend ihn unter Schimpfworten zur Seite stieß. Quincas gab ihm einen Stoß mit dem Kopf, und schon war der Krach da. Negro Pastinha packte den Grünschnabel, wie es seine Gewohnheit war, und schleuderte ihn auf den anderen Tisch. Die Haschischkumpane wurden wild und gingen zum Angriff über. Was nun folgte, spottete jeder Beschreibung. Man sah nur Quitéria, die Schöne, auf einem Stuhl stehend, eine Flasche über dem Kopf schwenkend. Korporal Martim übernahm das Kommando.

Als die Schlägerei mit dem vollständigen Siege des Quincas und seiner Freunde, auf deren Seite sich die Lastwagenfahrer geschlagen hatten, endete, hatte Pé-de-Vento ein blaues Auge, ein Schoß von Curiós Frack hing nur noch an Fäden, es war ein beträchtlicher Schaden. Quincas lag auf dem Boden, er hatte ein paar üble Hiebe einstecken müssen und war mit dem Kopf auf eine Bodenfliese geschlagen. Die Haschischraucher hatten die Flucht ergriffen. Quitéria beugte sich über Quincas und versuchte ihn aufzumuntern. Cazuza betrachtete mit philosophischer Ruhe seine Bar, die nur noch aus auf dem Kopf stehenden Stühlen und Tischen, aus zerbrochenen Gläsern, bestand. Er war an dergleichen gewöhnt, die Nachricht würde ihm nur mehr Ruhm und Gäste einbringen. Er selbst verachtete keineswegs eine handfeste Prügelei.

Quincas kam erst nach einem kräftigen Schluck zu sich und trank auf seine merkwürdige Weise weiter, indem er einen Teil des Schnapses wieder von sich gab. Welche Vergeudung! Wäre es nicht sein Geburtstag gewesen, Cabo Martim hätte ihn unauffällig zur Ordnung gerufen. Nun gingen sie zum Fischereihafen.

Meister Manuel hatte sie nicht mehr erwartet. Die Fischsuppe war fast verzehrt, und zwar am Kai; nur mit Seeleuten, die den Tonkessel umsaßen, auf die Reede hinauszusegeln, war nicht nach seinem Sinn gewesen, dazu hatte er im Grunde keinen Augenblick lang an die Nachricht vom Tode des Quincas geglaubt und war daher keineswegs verwundert, ihn bei Quitéria untergehakt einherbummeln zu sehen. Der alte Seebär konnte doch nicht an Land sterben, in einem x-beliebigen Bett.

»Rochen ist noch für alle übrig...«

Man setzte die Segel des Fischerbootes, man zog den schweren Stein ein, der als Anker diente. Der Mond hatte das Meer in eine silberne Bahn verwandelt, auf dem Berg im Hintergrund hob sich schwarz Bahia ab. Langsam trieb das Boot hinaus, Maria Clara stimmte ein Seemannslied an:

»Ich fand dich auf dem Meeresgrund
in einem Muschelkleid...«

Man umdrängte den dampfenden Kochtopf. Die Tonteller füllten sich. Der Rochen war scharf gewürzt und schwamm in einer mit Pfeffer und Palmöl zubereiteten Fischsuppe. Die Schnapsflasche kreiste; Cabo Martim verlor nie sein Ziel und den Überblick über das Nächstliegende aus den Augen. Selbst während er die Seinen bei dem Handgemenge befehligt hatte, war es ihm geglückt, einige Flaschen zu sichern und sie unter den Kleidern der Frauen zu verbergen. Nur Quincas und Quitéria aßen nicht; am Heck des Bootes hingestreckt, lauschten sie Maria Claras Lied, während die Schöne mit dem Pillauge dem alten Seemann Liebesworte zumurmelte.

»Warum hast du mir nur solch einen Schrecken eingejagt, böses Brüllerchen? Du weißt doch, daß ich ein schwaches Herz habe, der Arzt hat mir sogar verboten, mich aufzuregen. Du hast vielleicht Ideen im Kopf, wie kann ich ohne dich leben, du Teufelsbraten! Ich bin doch an dich gewöhnt, an all dein verrücktes Gefasel, an ein Alterchen, das soviel weiß wie du, an deine gereimten Ungereimtheiten, an deine Vorliebe für ein gutes Herz. Warum hast du mir das angetan?«

Sie nahm den in der Holzerei verwundeten Kopf in ihre Hände und küßte seine schelmischen Augen.

Quincas antwortete nicht. Tief atmete er die Seeluft ein, eine seiner Hände tauchte ins Wasser und zog eine Spur durch die Wellen. Zu Beginn des Festes war alles Ruhe und Frieden: die Stimme Maria Claras, das vortreffliche Fischgericht, die Brise, die zum Wind wurde, der Mond am Himmel, Quitérias Gemurmel. Aber schon zogen unerwartete Wolken vom Süden herauf und verschluckten den Vollmond. Die Sterne begannen zu verlöschen, und der Wind wurde kalt und gefährlich. Meister Manuel warnte:

»Wir kriegen eine Gewitternacht, wir kehren lieber um.«

Er hatte vor, zurückzusegeln, bevor der Sturm losbrach. Aber der Schnaps schmeckte so freundlich, die Unterhaltung plätscherte so angenehm dahin, es schwamm noch genügend Rochen in der gelblichen Öltunke des Topfes, und Maria Claras Stimme betäubte die Sinne und erhöhte das Verlangen, auf See zu bleiben. Durfte man im übrigen das Idyll von Quincas und Quitéria an einem Festabend wie diesem unterbrechen?

So geschah es, daß das Unwetter, der heulende Wind, die gekräuselten Wogen, sie unterwegs ereilte. Die Lichter Bahias schimmerten in der Ferne, ein Blitz zerriß das Dunkel. Und schon fiel der Regen. Die Pfeife im Mund, ergriff Meister Manuel das Ruder.

Niemand weiß, wie Quincas aufstand und sich an die Fock lehnte. Quitéria wandte nicht den verliebten Blick von der Gestalt des alten Seebären, der den das Boot beleckenden Wellen, den die Nacht erhellenden Blitzen zulächelte. Frauen und Männer hielten sich an Tauen fest, klammerten sich an den Bootsrand, der Wind pfiff und das Schifflein drohte jeden Augenblick zu kentern. Maria Claras Stimme war längst verstummt, jetzt kauerte sie neben ihrem Mann an der Ruderpinne.

Sturzwellen überfluteten das Boot, der Wind drohte jeden Augenblick die Segel zu zerfetzen. Nur die Glut in Meister Manuels Pfeife hielt stand, und Quincas, der alte Seemann, gereckt, umtost vom Sturm, unerschütterlich und hoheitsvoll; langsam, mühsam, näherte sich das Fischerboot den ruhigeren Gewässern der Mole. Nur noch wenige Augenblicke, und das Fest würde seinen Fortgang nehmen.

In diesem Augenblick zuckten fünf Blitze kurz hintereinander am Himmel auf, der Donner rollte wie beim Weltuntergang, und eine riesige Woge hob das Boot in die Luft. Schreie entrangen sich den Frauen und Männern, und die dicke Margô rief:

»Heilige Mutter Gottes, beschütze uns!«

Mitten im Tosen des wütenden Meeres und im Wetterschein der Blitze sah man, wie Quincas aus dem tödlich gefährdeten Boot sprang, hörte man seine letzten Worte.

Das Boot erreichte das ruhige Wasser der Mole, aber Quincas blieb draußen im Unwetter, umhüllt von seinem Leichentuch aus Wellen und Schaum, so, wie er es gewünscht hatte.

XII

Es war unmöglich, das Bestattungsinstitut zur Zurücknahme des Sarges zu bewegen, nicht einmal zur Hälfte des

Preises. Die Familie mußte bezahlen, aber Wanda konnte wenigstens die restlichen Kerzen verwerten. Der Sarg steht bis heute im Lagerraum Eduardos, der noch immer hofft, ihn eines Tages an einen Toten zum herabgesetzten Preis loszuschlagen. Was die letzten Worte betrifft, so gibt es verschiedene Lesarten. Aber wer hätte bei dem tobenden Sturmgetöse des Gewitters richtig hören können? Nach einem Bänkelsänger des Marktes verlief die Sache folgendermaßen:

Mitten im Sturmgebraus
hörte man Quincas bruddeln:
»Ich werd mich selbst einbuddeln,
wie und wann mir's paßt.
Schleppt euren Sarg nach Haus
für einen anderen Gast.
In die Erde kriegt ihr mich nie,
drum gebt euch keine Müh'!«
Was er sonst noch gesungen,
hat der Wind verschlungen.

WORTERKLÄRUNGEN

Abará Acarajé	In Palmöl gekochtes, stark gewürztes Gericht aus Bohnenpüree
Babalaô	Oberpriester oder Eingeweihter bestimmter afro-brasilianischer Kulte
Balangandã	malerische, mit Amuletten verzierte Hals- und Armgehänge der farbigen Frauen von Bahia
Bicheiro	Losverkäufer des Bicho, des illegalen Zahlenlottos
Candomblé	Wie die Macumba-Zeremonie des afro-brasilianischen Kultes
Capoeira	Akrobatischer Tanz zweier Männer, die einen Zweikampf mimen, ohne sich zu berühren
Iemanjá	In den afro-brasilianischen Kulten die Gottheit – orixá – des Salzwassers
Janaína	Sirene, die den Fischer in ihren Unterwasserpalast lockt, aus dem er nie wieder herauskommt
Mãe-de-Santo	Große Mutter, eine Priesterin, die bei der Candomblé- oder Macumba-Zeremonie den Vorsitz führt
Mingau	Brei aus Maniokmehl
Oxalá	Höchste, häufig mit Jesus Christus gleichgestellte Gottheit
Oxum	Gottheit – orixá – des Süßwassers
Xangô	In bestimmten afro-brasilianischen Kulten die Gottheit – orixá – von Donner und Blitz

Rubem Fonseca

Bufo & Spallanzani

Roman
Aus dem brasilianischen Port. von Karin von Schweder-Schreiner.
283 Seiten. Geb.
(Auch in der Serie Piper 1197 lieferbar)

»Dieser Roman, den man auskosten muß wie einen Leckerbissen, spricht Phantasie und Sinne gleichermaßen an. Rubem Fonseca hat dieses Buch als ganz und gar uneigennütziger Hedonist geschrieben, der den Leser zum Komplizen seiner Vergnügen macht.« Istoé/Brasilien

Grenzenlose Gefühle, unvollendete Gedanken

Roman
Aus dem brasilianischen Port. von Karin von Schweder-Schreiner.
316 Seiten. Geb.

Mit ihren vielen erzählerischen Höhepunkten hinreißend inszeniert und reich an zeitpolitischen, literarischen und cineastischen Anspielungen, bezieht die Geschichte ihre psychologische Substanz aus der gelungenen Gestaltung der Figur des Ich-Erzählers.

Das vierte Siegel

Erzählungen
Aus dem brasilianischen Port. von Karin von Schweder-Schreiner.
187 Seiten. Geb.

Der Abkassierer

Erzählungen
Aus dem brasilianischen Port. von Karin von Schweder-Schreiner.
204 Seiten. Serie Piper 1120

Diese Erzählungen faszinieren und überzeugen durch die Kompromißlosigkeit und Wahrhaftigkeit, mit der sie Einblick in das Leben der städtischen Unterschicht vermitteln. Dazu benötigt Fonseca weder Slumromantik noch Wehleidigkeit. Pralle Literatur für Erfahrungshungrige!